i

LE LINCEUL DE CHARNY

LE LINCEUL DE CHARNY

Michèle Dubray

2019

Premier tirage : avril 2019

ISBN 978-2-9565221-4-0

Mouans Sartoux, France

Comment le morceau d'étoffe connu aujourd'hui sous le nom de 'Suaire de Turin' est apparu dans un petit village de l'Aube au milieu du XIVe siècle, alors que personne n'en avait jamais entendu parler…

Chapitre 1

Appuyé d'une main au bastingage du château avant de la nef qui le ramenait de sa captivité en Angleterre, Geoffroy de Charny tentait d'apercevoir les côtes normandes, son autre main en visière, ébloui par le franc soleil de cette printanière journée de l'an 1351. Libéré sur parole après des mois de négociation, il devrait maintenant réunir une somme colossale pour sa rançon avant que son acte de libération définitif soit signé (1), mais il avait un peu de temps pour y penser.

Il avait hâte de fouler le sol de Normandie après plus d'une année d'emprisonnement en Angleterre dans la tour de Londres. Depuis sa capture par les Anglais au siège de Calais le 1ᵉʳ janvier 1350, il avait été correctement traité par ses geôliers. Il faut dire que la prise était belle. Même s'il n'était pas membre de la noblesse, Il était sans doute le plus valeureux et le plus renommé chevalier du royaume, reconnu par ses pairs et aimé du roi.

Il poursuivrait toute sa vie de sa vindicte le félon Amery de Pavie. Sans sa honteuse trahison, l'issue de la bataille de Calais aurait été différente et il n'aurait pas été fait prisonnier. Geoffroy avait soudoyé Amery contre une somme de mille couronnes pour que celui-ci lui ouvre les portes de la ville afin de la reprendre aux Anglais, mais Amery, dénoncé au roi d'Angleterre, avait avoué le complot et joué double jeu pour sauver sa tête. Des Anglais en très grand nombre avaient surgi de partout et défait les troupes françaises.

Après avoir perdu presque la moitié de ses hommes, lui-même blessé, il s'était retrouvé prisonnier du roi Edouard III qui, après l'avoir transféré outre-Manche, avait réclamé une énorme rançon pour sa libération.

Le roi de France Philippe VI de Valois, dont le trésor était exsangue en cette période tourmentée, bien que fort contrarié de la perte de son meilleur homme d'armes, avait essayé de négocier la rançon à la baisse. Des émissaires avaient été en vain envoyés à Londres, le roi d'Angleterre ne cédait pas d'un pouce. Puis le roi de France était mort au mois d'août et il avait fallu tout recommencer. Son fils Jean était monté sur le trône et avait hérité d'un pays en piteux état, rongé par la guerre, la famine et la peste.

Geoffroy en avait été très affligé et avait alors craint pour sa vie, mais le nouveau roi, qu'il avait connu tout jeune homme, décida qu'il ne pouvait se passer de l'un des meilleurs et des plus proches conseillers et diplomates de feu le roi son père, qu'il portait en haute estime depuis qu'il avait combattu à ses côtés dix ans plus tôt. Après quelques tentatives de négociation, sans moyen de pression sur le roi d'Angleterre, il finit par promettre une colossale rançon de douze mille écus pour sa libération.

Une fois sur la terre de France, Geoffroy rejoindrait sa maison de Paris que lui avait offerte le roi près de l'église Saint Eustache, d'où il irait lui rendre ses hommages au Palais de la Cité et le remercier de vive voix, avant de se remettre immédiatement sous ses ordres. Les émissaires lui avaient remis une missive du roi : il serait nommé dès son retour conseiller du roi 'es parties de Picardie sur les frontières de Flandres et d'Artois'. C'est bien pour cette raison qu'il avait été libéré à prix d'or... Il se rendrait ensuite à sa gouvernance de Saint Omer pour prendre ses fonctions.

Il avait hâte de retrouver son épouse Jeanne de Vergy qu'il n'avait pas vue depuis près de deux ans, son fils Geoffroy qui devait avoir bien grandi et la petite Charlotte qui devait avoir autour de six ans maintenant.

Il aurait aimé revoir son château de Pierre Perthuis en Bourgogne, n'ayant aucune nouvelle de l'état dans lequel la guerre l'avait laissé, et son petit château de Lirey aux confins de la Champagne et de la Bourgogne (2), qui était plus une rustique maison forte qu'un palais, mais chère à son cœur.

Après plus d'un an de captivité qu'il avait consacré à la prière et à l'écriture de son Livre de Chevalerie, il lui tardait de passer à nouveau à l'action. Tout compte fait, il s'était ennuyé copieusement, même si par bonheur il avait pu tenir conversation avec ses geôliers qui parlaient une langue intelligible, et qu'il bénéficiait d'une certaine liberté à l'intérieur de la forteresse. D'ailleurs, il avait un peu engraissé et son surcot le serrait.

Il observait la mer calme et scintillante et se remémorait le serment qu'il avait fait lors de sa première captivité après avoir été capturé à la bataille de Morlaix et emprisonné une première fois en Angleterre au château de Goodrich. Il avait promis à la Vierge que s'il était libéré il ferait édifier une église à sa gloire.

Il avait effectué quelques démarches dans ce sens. En 1343 il avait signé une charte avec le roi Philippe qui lui avait concédé des rentes pour financer son projet et lui avait fait l'insigne honneur de lui offrir pour son église deux reliques inestimables : un cheveu de la Vierge et un morceau de la Vraie Croix. Puis en avril 1349, il avait envoyé au pape une demande pour bâtir dans son village une chapelle qui serait servie par cinq chanoines. Mais depuis il n'avait eu que peu de loisir de s'y consacrer, le pape n'avait pas répondu, et sa deuxième capture avait peut-être été le châtiment de son peu d'empressement à tenir sa parole.

Il avait choisi de construire son église de l'annonciation à Lirey, un domaine qu'il tenait de sa famille. Son petit château ne contenait qu'une minuscule chapelle familiale et les villageois devaient se rendre à la messe au village voisin de Saint Jean de Bonneval. L'endroit était calme, l'espace suffisant pour faire une belle église, et pourrait même générer quelques revenus si on en faisait un lieu de pèlerinage, grâce aux reliques et à la proximité de la ville de Troyes, carrefour commercial où se pressaient encore les foules lors des foires de Champagne, même si ces manifestations avaient perdu de leur splendeur passée.

Il avait déjà dépensé une grande partie de l'argent donné par le roi Philippe, mais sa mission de conseiller l'avait mené de droite et de gauche et le projet n'avait pas abouti. Il se promit que cette fois il ne faillirait pas à sa promesse

En fin d'après-midi, ils étaient en vue des remparts d'Harfleur. De là il rejoindrait Rouen en restant prudemment sur les terres de Normandie, puis Paris et après ses hommages au nouveau roi Jean il irait se recueillir un instant sur la tombe du feu roi Philippe.

Il traversa la passerelle avec émotion et posa le pied sur le sol de Normandie avec dévotion, suivi par les deux émissaires qui avaient apporté en Angleterre la lettre patente du roi de France qui avait permis sa libération sur parole afin de réunir la rançon.

Guy Sénéchal, Seigneur de Mortemer, vint à sa rencontre et lui donna l'accolade. Le roi avait dépêché un haut dignitaire pour l'accueillir et veiller à sa sécurité.

Un écuyer attendait avec les chevaux. Le déchargement de ses quelques bagages, vêtements, livres, vaisselle, et surtout les manuscrits de son livre de chevalerie qu'il avait eu tout le loisir d'écrire pendant sa captivité se fit sans encombre dans l'effervescence du port, les grincements de la grue à roue de bois et les cris des trimardeurs qui guidaient le chargement depuis le bateau jusque sur le quai.

Les ballots contenant ses bagages furent chargés sur le cheval bâté, et la petite troupe se mit rapidement en route, Geoffroy et le sénéchal devant, suivis des émissaires et enfin de l'écuyer qui tenait par la bride le cheval bâté. Ils feraient étape au château de Lillebonne, fief de la maison d'Harcourt, avant d'atteindre Rouen le lendemain. Geoffroy n'était pas ravi d'être reçu par ce félon repenti à qui on devait le désastre de Crécy où il avait combattu pour les Anglais, et que le remord avait ramené du côté Français. Le roi avait accordé son pardon, mais Geoffroy le considérerait toujours comme un homme sans honneur.

Il observait avec bonheur l'activité de cette petite ville portuaire où le quotidien se poursuivait malgré la guerre endémique. Il fronça le nez en passant devant le marché aux poissons. Entre les raids des Anglais, on pansait les blessures, on réparait les bâtiments, et le cours de la vie reprenait tant bien que mal.

Les bourgeois, du reste, peinaient à comprendre pourquoi ces cousins d'outre-manche (3) leur cherchaient querelle, alors qu'ils avaient des coutumes aussi proches et des ancêtres communs, et pourquoi telle ou telle ville normande était tantôt anglaise et tantôt française sans que cela changeât le gout du pain.

Au-delà des remparts, ils traversèrent les ruines fumantes de villages détruits, longèrent des champs dévastés alors que la moisson aurait dû être proche, et des moulins incendiés : les Anglais brûlaient les récoltes après leurs raids, et la population décimée par la peste n'offrait plus assez de bras pour cultiver ce qui restait de champs. Ils croisèrent sur les routes des pauvres hères qui trainaient leur misérable avoir sur des charrettes à bras, des enfants abandonnés, en haillons, maigres et morveux, mais point d'animaux. Tout ce qui se mangeait avait sans doute déjà été mangé.

Bien que ce ne fût rien de nouveau sous le soleil, et que la situation fut déjà la même avant sa capture, ces visions plongèrent Geoffroy dans un profond malaise. Pendant les nombreux mois qu'il avait passés dans un calme relatif, à prier, réfléchir et écrire sur la chevalerie sans souci pour sa pitance et son logis, ces pauvres gens ne faisaient que souffrir et subir, sans autre recours que la fuite.

La nuit était tombée lorsqu'ils passèrent le pont levis de Lillebonne à la lueur des étoiles. Le château avait souffert de la guerre. Les éboulis d'une partie des remparts effondrés projetaient des ombres menaçantes, mais le donjon et la tour octogonale, plus récente, avaient résisté, et une lueur filtrait à travers les volets clos des fenêtres en plein cintre du premier étage.

Tandis que le palefrenier s'occupait des chevaux et que l'écuyer allait mettre le chargement à l'abri, les quatre hommes gravirent l'escalier de pierre qui menait au premier étage. La lourde porte de bois s'ouvrit à ce moment, laissant apparaître dans un rai de lumière le maître des lieux, qui descendit deux marches en boitant (4), son obésité ne lui permettant guère plus.

Le sieur d'Harcourt prit les mains de Geoffroy et lui donna une chaleureuse accolade, salua ses compagnons et les fit entrer. Il était seul dans la salle à peine meublée, dépouillée de tous ses ornements et tentures. Il était venu inspecter le château devenu inhabitable après une attaque des Anglais, accompagné d'une escorte légère de quelques lanciers et d'une valetaille restreinte. L'endroit avait été déserté en attendant les réparations nécessaires, et le roi, ayant eu connaissance de sa visite à Lillebonne l'avait prié d'offrir le gîte et le couvert à Geoffroy et son escorte. Il repartirait avec eux pour Rouen le lendemain où son neveu Jean les recevrait plus dignement en son château de Bouvreuil, avant de regagner lui-même son château d'Harcourt.

Ce n'est qu'à ce moment, assis sur les longs bancs autour de la grande table devant un gobelet de bière que les langues se délièrent.

A la question de son hôte, Geoffroy répondit qu'il avait fait bonne traversée et qu'il était fort content d'être de retour, mais ne donna pas de détails sur sa captivité, non qu'il en réservât la primeur au souverain, mais parce qu'il avait un peu honte maintenant qu'il avait traversé la campagne désolée, de raconter cette période de recueillement, de prière, de calme et de concentration à l'abri relatif du besoin même s'il avait craint pour sa vie, mais aussi d'agréables et instructives conversations avec ses geôliers et les nobles anglais, qui partageaient après tout son sens de l'honneur.

Surtout, pour rien au monde il n'aurait avoué qu'il s'était ennuyé pendant que sur le continent d'autres défendaient chèrement leur vie dans la barbarie quotidienne.

Ses compagnons n'osèrent pas insister, admiratifs devant ce silence qu'ils supposèrent destiné à mettre courageusement sous le boisseau les sévices épouvantables que Geoffroy avait dû subir. On parla donc de la situation du royaume en partageant un frugal repas de soupe et de terrines accompagnées de bon pain français, puis tous s'alignèrent sur le sol sur leurs manteaux devant la cheminée ou rougeoyait une dernière bûche et on entendit bientôt un concert de ronflements.

NOTES SUR LE CHAPITRE 1

1. A cette époque, les prisonniers de haut rang étaient relativement libres de leurs mouvements, ce qui peut paraître étrange aujourd'hui. Ils pouvaient se déplacer avec des sauf-conduits, notamment dans le but de réunir leur rançon, et en laissant parfois en otages des proches ou des membres de leur famille.

2. Le petit village de Lirey, est situé à une vingtaine de kilomètres de Troyes. Vers le milieu du XIVè siècles, les châtellenies de la Champagne méridionale ont changé plusieurs fois d'affectation entre la Champagne, la Bourgogne ou même les ducs de Nevers au gré des mariages, des dotations et des ventes. A l'époque de Geoffroy de Charny, c'est le Duc de Bourgogne qui règne sur les terres d'Isle Aumont.

3. Le roi d'Angleterre en 1351 est Edouard III Plantagenet, descendant du Normand Guillaume le conquérant. A cette époque pratiquement toutes les familles régnantes d'Europe sont parentes. Edouard III est le petit-fils de Philippe IV le Bel, roi de France par sa mère Isabelle la Louve de France (Capétiens directs).

4. Godefroy d'Harcourt 'le boiteux' 1306-1356. Après une tentative ratée d'envahir l'Angleterre en 1340 avec l'anéantissement de la flotte française lors de la bataille de l'Écluse, il passe à l'ennemi en 1345 et mène plusieurs batailles en France pour le compte des Anglais. Il est l'un des auteurs de la victoire anglaise à la bataille de Crécy. Par la suite, il se repent, fait à nouveau allégeance au roi de France qui lui pardonne et lui redonne des titres, mais est considéré par l'histoire comme un traître.

Chapitre 2

Geoffroy fut réveillé au petit matin par les hennissements des chevaux que le palefrenier commençait à seller dans la haute cour. Il y voyait à peine dans la salle, des pointes de lumière pâle dardaient çà et là au travers des planches mal jointes des volets. Il se redressa sur son séant, encore tout endolori de sa nuit sur les pavés du carrelage. Il aurait presque regretté le lit de paille de sa geôle anglaise.

Ses compagnons commençaient aussi à se réveiller et s'étiraient en désordre. Le Sénéchal reçut dans l'œil le poing fermé qu'un émissaire avait lancé au hasard pour se gratter sous le bras, mais n'en conçut aucun grief. Les quatre hommes se mirent debout et se rincèrent les mains et le visage dans un plat de la veille contenant de l'eau douteuse qu'un serviteur avait disposé sur la table et se frottèrent avec un bouchon de paille. Aucune collation n'était prévue. Les domestiques avaient avidement terminé les reliefs du repas de la veille. Le seigneur d'Harcourt les rejoignit bientôt, à peine en meilleur état. Il avait dormi dans sa chambre sur une paillasse, les lits ayant été transporté dans son château de Rouen en attendant que le château soit à nouveau habitable.

Ils se mirent en selle, la peau grasse et la barbe grattant, sentant le suint dans leurs vêtements poussiéreux. Au bout d'une heure, après avoir traversé de vastes zones d'essartage (1) ils étaient dans la forêt profonde. Les routes n'étaient pas sures, les brigands et les détrousseurs étaient légion, aiguillonnés par la misère. Ils traversèrent deux fois dans un bac la Seine, large comme un lac, qui s'écoulait paresseusement.

Ils furent en vue de Rouen dans l'après-midi. Dès l'abord des faubourgs, une foule compacte de réfugiés fuyant la guerre encombrait les rues, alors que beaucoup de maisons aux volets clos semblaient inhabitées (2). Le Seigneur d'Harcourt expliqua que les drapiers s'étaient révoltés contre les nouveaux impôts destinés à la poursuite de la construction d'un nouveau rempart plus étendu pour protéger la ville qui s'était agrandie, et qu'il lui faudrait bientôt pendre quelques-uns de ces agitateurs (3).

Ils furent bloqués plusieurs fois par des charrettes de pierres tirées à bras d'homme, et le franchissement de la zone de travaux fut périlleux, car des blocs étaient entreposés de toute part, et une multitude de tailleurs et d'appareilleurs travaillaient au pied de la muraille en construction.

Les chevaux risquaient de déraper sur des éclats de moellons et des caillasses de toutes tailles. Devant eux, les charretiers criaient en vain entre les bruits des marteaux-taillants et des herminettes, les appels des maçons et les grincements d'une roue à écureuil (4) dans laquelle deux hommes avançaient péniblement pour la faire tourner.

Enfin ils furent de l'autre côté au cœur de la ville, et ils aperçurent l'imposant donjon qui dominait la ville depuis la colline Bouvreuil, resplendissant de blancheur sous le soleil. Cette construction lui rappelait le donjon du Louvre, cette forteresse sur les bords de la Seine qui abritait alors les archives et le trésor du royaume.

Ils pénétrèrent dans la vaste enceinte par la porte de-vers-les-champs. A la mode de l'époque, le donjon ne se trouvait pas au centre de la cour, mais il était à cheval sur les fortifications. Des valets s'empressèrent pour décharger les bagages et s'occuper des chevaux, tandis que le seigneur d'Harcourt, aidé par des valets pour descendre de cheval car sa claudication lui rendait l'exercice malaisé, était bientôt entouré de clercs et de nombriers (5) à longues robes agitant des parchemins. Il fit mine de les chasser d'un revers de main, mais ils le poursuivirent jusqu'au logis sur la droite de la tour.

L'un des valets s'approcha des nouveaux arrivants et leur demanda de le suivre jusqu'aux appartements situés de l'autre côté du donjon. Au premier étage ils trouvèrent une grande chambre confortable au plafond haut et aux murs couverts de tapisseries colorées, meublée de deux grands lits à courtines, de coffres de bois ciré à décors de ferronne-rie et de sièges recouverts de coussins de brocart. Un banc était disposé devant la large cheminée.

Après s'être défait de son épée, de son surcot et de ses brodequins, Geoffroy s'assit sur l'un des lits pour attendre que ses compagnons soient prêts à l'accompagner au chauf-foir pour les ablutions. Le seigneur de Mortemer debout comme un piquet, se lassa d'attendre en vain des serviteurs pour le débarrasser de ses vêtements et entreprit de se dé-brouiller tout seul en bougonnant. Mais, peu aguerri à cette basse besogne, il peinait à retirer ses heusses (6) et demanda de l'aide. Geoffroy, en bas de chausses, le fit asseoir sur un lit, se baissa pour tirer gaillardement sur la botte, qui vint d'un coup et Geoffroy se retrouva sur son séant au milieu du carrelage. Les deux autres, affairés à se déshabiller, se retournèrent, et de voir le plus valeureux guerrier de France sur son derrière avec une botte dans les bras, s'esclaffèrent bruyamment tandis que se répandait dans la chambre une odeur de fromage passé qui manqua les faire défaillir. Les pieds nus du seigneur de Mortemer avaient la couleur de la suie.

Cette intimité avait rompu la glace, et c'est de fort belle humeur qu'il descendirent en chemise l'escalier de pierre en colimaçon pour se rendre à l'étuve où les attendaient deux grands cuviers de bois doublés de toile, remplis d'une eau tiède où flottaient d'odorantes herbes aromatiques. Ils s'y glissèrent avec délices, deux par cuvier, Geoffroy partageait le sien avec le sieur de Mortemer, et se disait que ce n'était peut-être pas le meilleur sort car il était aussi crasseux en haut qu'en bas. Leur chemise flottant autour d'eux, ils commençaient à se détendre en devisant, les bras allongés sur les bords du baquet. Leur intimité était préservée du reste du vaste chauffoir par des draps tendus sur des cordes accrochées aux poutres.

Geoffroy avait hâte de reprendre ses fonctions à Saint Omer après avoir présenté ses obligations au nouveau roi. Le Seigneur de Mortemer, baissant la voix en confidence, lui apprit que le roi Jean avait surpris tout le monde par son couronnement rapide un mois après la mort de son père pour empêcher les autres prétendants Charles de Navarre le Mauvais, et le roi d'Angleterre Edouard III, tous deux descendants de Philippe le Bel, de s'emparer du royaume de France (7).

Le jeune roi Jean, qui n'avait déjà pas excellé comme duc de Normandie, était plus enclin à guerroyer à tort et à travers comme s'il s'agissait d'un passe-temps que versé dans la gestion du royaume. Malgré la trêve en vigueur avec les Anglais, la situation restait critique. Les effets démographiques désastreux de la grande peste, qui venait tout juste de se terminer, avaient entraîné une raréfaction de la main d'œuvre et des denrées alimentaires. L'inflation galopait et l'argent avait perdu les trois quarts de sa valeur en cinq ans. La France était exsangue et il voulait lever de nouveaux impôts. Bien que le royaume fût pourvu d'un grand nombre de soldats, certains préféraient rejoindre les rangs Anglais, attirés par la perspective de récompenses en biens et en honneurs, comme l'Ordre de la Jarretière récemment créé, que de rester au service du roi de France qui ne pouvait plus les payer et les accablait de taxes.

D'une voix à peine audible, le Seigneur de Mortemer ajouta qu'il n'était pas certain que le roi, cerné par toutes ces menaces, parviendrait à faire front, et qu'il aurait bien besoin d'aide. Geoffroy se dit qu'il aurait forte tâche dans les mois à venir.

Des servantes écartèrent les rideaux pour pénétrer dans cette tente improvisée, leur apportèrent gardant les yeux au sol des pains de savon à la cendre et ils commencèrent à se laver. L'eau prit rapidement une couleur de terre, mais ils continuèrent à patauger jusqu'à ce que leurs doigts fussent fripés. Geoffroy se réjouissait d'être enfin dans un lieu accueillant, et son estomac commençait à lui rappeler qu'il n'avait pas fait un bon repas depuis un moment.

Un peu plus tard, d'autres servantes apportèrent des pots d'eau chaude, qu'elles leur versèrent sur la tête pour leur rincer les cheveux et la barbe, puis ils se mirent debout afin de terminer leurs ablutions. On leur apporta des linges secs dans lesquels ils se drapèrent, et c'est ainsi vêtus, encore humides mais frais et propres qu'ils regagnèrent la chambre pour finir de se sécher devant le feu qui avait été allumé dans la cheminée et mettre des vêtements secs pour se rendre au souper. Les chevaliers à la vêture austère s'habillèrent seuls, mais le seigneur de Mortemer dut appeler un valet pour nouer les aiguillettes de ses chausses. Geoffroy enfila une chemise de drap fin de Flandres et un surcot de beau drap pers (8) de Rouen qu'il avait dans ses bagages, ceint d'un baïer de cuir de Cordoue.

Une grande table était dressée devant la cheminée de la salle et le seigneur d'Harcourt les attendait en compagnie de l'archevêque Jean de Marigny, faute d'avoir une dame à asseoir à son côté, et d'une vingtaine d'autres convives que Geoffroy ne reconnut pas tous. L'archevêque expédia le benedicite dès qu'ils furent assis, et plongea aussitôt la main dans le plat de confiseries déposé devant lui. Puis les mets furent apportés par des pages de cuisine en procession.

Leur hôte s'excusa par avance de la frugalité du dîner, car en ces temps troublés, le gibier était rare, mais en ces bords de Seine les canards, les carpes, tanches et brèmes abondaient, et les invités firent honneur au souper. L'archevêque reprit un gros morceau de carpe farcie aux herbes qu'il déposa sur son tranchoir de bois (9), et tout en fouraillant de ses doigts gras, il se lança dans le récit de ses plus récentes ripailles, décrivant avec une gourmandise rétrospective l'art d'accommoder les viandes d'un cuisinier déjà renommé, Guillaume Tirel (10), qui semble-t-il avait mis par écrit son savoir sur un manuscrit qu'il rêvait de se procurer. Il fit passer le tout avec une bonne lampée de cidre et essuya ses mains sur la nappe avant de fondre sur la tourte de canard. Les convives écoutaient, assez contents d'entendre parler d'autre chose que de batailles et de drames, tout en n'oubliant pas de se goberger de leur côté et de se faire resservir de la bière.

La nuit tombait, les valets vinrent allumer les flambeaux accrochés aux murs et déposèrent sur la table des lampes à huile qui fumaient gras.

Puis vinrent les compotes et l'hypocras. Les échansons faisant généreusement couler le vin des pichets de terre vernie dans les hanaps, l'archevêque avait pris des couleurs, rajusté le coussin sous son opulent postérieur, et maintenant appuyé au dossier de sa chaire, continuait à deviser, les mains croisées sur sa bedaine. Il encourageait fermement le Seigneur d'Harcourt à mater prestement la révolte du peuple menée par les drapiers contre les nouveaux impôts, voire faire un exemple, sinon l'émeute allait s'étendre et même les ouvriers qui construisaient le nouveau rempart finiraient par faire grève. Il se lamentait également que sa cathédrale n'était toujours pas terminée alors qu'une foule d'ouvriers travaillaient à la construction des nouvelles murailles. Le sieur d'Harcourt ne pouvait qu'acquiescer, mais les gens d'armes lui manquaient sur l'instant pour mettre un terme à cette rébellion.

Puis la conversation dévia sur l'activité drapière de la ville qui se maintenait bon an mal an malgré la peste et la guerre, les Rouennais allant chercher la laine en Ecosse ou achetant à Harfleur la laine castillane pour continuer à tisser des étoffes.

Geoffroy écoutait avec attention, car depuis plus d'un an qu'il était coupé du monde, et outre ce qu'il venait d'apprendre du seigneur de Mortemer, certaines choses avaient dû évoluer, des alliances changer de bord, les puissants d'hier étaient peut être en disgrâce aujourd'hui, et il valait mieux savoir qui seraient les puissants de demain.

NOTES POUR LE CHAPITRE 2

1. Essartage : au moyen âge, le bois est utilisé pour toutes sortes de constructions : maisons, ponts, bateaux, moulins, outils, charrettes, tonneaux, mais aussi comme source d'énergie de l'industrie : fours à briques, forges, verreries.... c'était une des denrées principales de l'économie européenne. (21 hectares de forêt de chêne ont été abattus pour la charpente de Notre Dame de Paris). Ces besoins ont conduit à une déforestation massive au moyen âge pour atteindre son niveau le plus bas autour de 1600. Contrairement à une idée reçue, grâce aux campagnes de reboisement et d'entretien des forêts, la surface des forêts françaises est aujourd'hui à peu près équivalente à ce qu'elle était avant les grands déboisements du 14è siècle.

2. La peste avait décimé la population autour de 1350. Il n'existe pas de chiffres exacts de la démographie de l'époque, mais le nombre de demandes de sépultures était en 1350 dix fois supérieur aux années périphériques.

3. Révolte des drapiers de Rouen : pour protéger Rouen des attaques éventuelles des Anglais, le roi ordonna de clore la ville « de murs et de fossés » et d'agrandir les remparts car la ville s'était étendue au-delà de la muraille existante. On peut estimer que chaque année, environ un quart des ressources financières de la cité était consacré aux murailles. 23 ouvriers drapiers seront pendus lors de la révolte.

4. La cage à écureuil était une sorte de grue au moyen âge destinée à élever sur des hauteurs importantes des charges lourdes. Deux hommes marchaient à l'intérieur d'une roue de bois pour la faire tourner. Ce procédé a été utilisé notamment dans la construction des cathédrales.

5. Nombriers : comptables

6. Heusses : bottes souples des nobles au XIVe siècle

7. Origine de la guerre de Cent Ans (qui a duré en fait 116 ans de 1337 à 1456)

Dans un contexte de crise démographique, économique et sociale, les tensions montèrent à la mort sans descendance de Charles IV le

Bel, dernier des Capétiens directs. Trois prétendants avaient des droits équivalents à la couronne :

Philippe, comte de Valois : neveu de Philippe le Bel et régent de France, ce qui lui donne un net avantage,

Edouard III d'Angleterre : petit-fils de Philippe le Bel par sa mère Isabelle de France..

Philippe d'Evreux : roi de Navarre, époux de Jeanne de Navarre (fille de Louis X). (père de Charles le Mauvais).

Les pairs de France élirent Philippe de Valois au trône sous le nom de Philippe VI, mais les deux autres prétendants n'acceptèrent pas cette décision.

Le véritable conflit commença lorsque Philippe de Navarre tenta de mettre la main sur la Guyenne, dernière possession anglaise sur le territoire de France. Il prit Bordeaux en 1337, soutenu par le comte de Flandres. Le roi d'Angleterre mit alors l'embargo sur la laine anglaise, achetée en masse par la Flandre pour produire du drap qu'elle revendait avec de gros bénéfices. Par ailleurs, la France prit parti pour l'Ecosse dans le conflit qui l'opposait à l'Angleterre. Édouard III fit alors valoir ses prétentions au trône de France et Philippe VI riposta en décidant de confisquer la Guyenne pour félonie le 24 mai 1337. La guerre était déclarée.

A la mort de Philippe VI de Valois, le conflit dynastique reprit de plus belle, c'est son fils Jean qui s'empara du trône contre les deux autres prétendants : Edouard III d'Angleterre et le fils de Philippe de Navarre, Charles II Le Mauvais.

8. Bleu foncé

9. Tranchoir : petite planchette ou tranche de pain rassis sur laquelle on disposait la nourriture dont on venait de se servir avant de la manger avec les doigts. L'assiette individuelle apparaîtra plus tard.

10. Guillaume Tirel, dit Taillevent, né à Pont-Audemer en 1310, et mort en 1395 à Saint-Germain-en-Laye, est un cuisinier français, à qui est attribué le *Viandier*, le plus célèbre des livres de cuisine français du Moyen Âge, écrit dans la première moitié du XIVe siècle.

Chapitre 3

Le lendemain dès matines (1) ils étaient levés. A laudes (1) l'archevêque, encore somnolent sous l'effet d'une digestion difficile, bâcla une messe déjà bien raccourcie et Geoffroy se mit en route avec un équipage plus réduit et pour seuls compagnons les deux émissaires qui l'escortaient depuis l'Angleterre.

Ils en auraient pour la journée avant de rejoindre Paris. Ils firent halte à midi aux abords de la forêt du Vexin et partagèrent la miche de pain et le fromage que leur hôte leur avait remis avec un pichet de bière bien tiédi depuis leur départ. Le soleil était déjà près de l'horizon lorsqu'ils aperçurent avec soulagement les tours de Notre Dame depuis la colline de Montmartre couverte de vignes autour de l'abbaye (2).

Au bas de la côte, ils entrèrent enfin dans Paris par la porte Montmartre. Tout comme à Rouen, une foule nombreuse de mendiants et de gueux en haillons occupaient la chaussée, tandis que beaucoup de maisons semblaient inoccupées (3). Celle de Geoffroy n'était qu'à deux pas des murailles de la ville dans le quartier des Halles.

Malgré la belle largeur de la voie, Ils durent se frayer un chemin à travers la cohue rue de la Chanverrie (4) encombrée de badauds qui stationnaient devant les étals des boutiquiers, d'ânes chargés de ballots et même de commères qui devisaient bruyamment par grappes au milieu de la chaussée, leur panier calé sur la hanche. Les émissaires s'arrêtèrent enfin devant son logis, l'aidèrent à descendre son chargement et repartirent en guidant les chevaux au petit pas en direction du Palais de la cité.

Geoffroy poussa ses bagages contre le mur et cogna à l'huis. La belle façade de sa maison se composait de deux étages en encorbellement (5) au-dessus d'un basement de pierre percé d'une porte épaisse et de trois fenêtres en ogive à petits carreaux sertis de plomb. C'était une vaste demeure dont le feu roi lui avait fait cadeau en tant que proche conseiller et ami. Après qu'il eut tambouriné tant et plus pendant plusieurs minutes, le volet supérieur de la porte s'entrouvrit, laissant voir la face rougeaude d'une servante.

- Alaïs, je suis de retour, ouvre moi, que je rentre mes bagages.

La servante, dans l'encadrement de la fenêtre, dans un état de sidération, le regardait sans bouger, la face cramoisie et la bouche ouverte comme un four, incertaine de l'avoir bien reconnu. Puis elle sembla touchée par la foudre et repartit en courant vers le fond de la maison en hurlant.

- Le seigneur est rentré ! Jésus Marie, rendons grâce !

Elle traversa comme une flèche les communs et l'arrière cuisine, le bonnet de travers, en tenant son surcot et trouva Ancelin dans la cour les bras chargés de bûches.

Elle se posta devant lui en agitant les mains, de plus en plus rouge.

- Le seigneur est de retour !

- Enfin ! répondit Ancelin, mais où est-il ?

- Dehors, pardi.

- Mais balourde, tu l'as laissé dehors ?

- Heu… répondit Alaïs en faisant demi-tour et en retraversant la maison tout aussi vite.

Geoffroy était toujours à la porte, et connaissant la vivacité d'esprit d'Alaïs, prenait son mal en patience.

Le battant supérieur de la porte s'ouvrit à nouveau précautionneusement, comme si Alaïs voulait s'assurer qu'elle n'avait pas eu de vision, puis le battant du bas, et Geoffroy entra dans sa maison. Il n'avait pas connu un moment si heureux depuis longtemps. Il donna l'accolade à Ancelin, son fidèle premier écuyer, qui l'avait attendu à Paris plutôt que dans l'un de ses domaines de province, car il savait que c'était là qu'il se rendrait en premier. Pendant que Geoffroy se défaisait de son épée dans la salle du rez-de-chaussée, Ancelin rentra les ballots de bagages qui étaient restés dans la rue.

Il lui annonça que son épouse n'avait pas souhaité rester à Paris, sans nouvelles depuis des mois, et qu'elle s'était rendue avec les enfants dans sa famille en leur château de Pierre Perthuis en Bourgogne où elle se sentait plus en sécurité. Seuls quelques serviteurs étaient restés pour prendre soin de la demeure et veiller à ce qu'elle ne soit pas pillée par des vagabonds ou occupée par des réfugiés.

Geoffroy en fut fort déçu, mais il ne voulait pas se reposer avant d'avoir fait le tour de la maison. Il donna des instructions à Ancelin pour ranger son bagage, monter dans son étude tous les parchemins qu'il y trouverait, et lui préparer une aiguière d'eau pour se laver. Ensuite ils discuteraient pendant le repas. Ancelin envoya Alaïs quérir une poule pour améliorer le brouet de navets qui devait être leur ordinaire ce soir-là.

Geoffroy humait l'odeur de bois exhalée par les poutres et les madriers tandis qu'il s'avançait vers le fond de la maison. Après les froides geôles anglaises, la traversée et les bivouacs, il était enfin chez lui, même s'il n'était pas familier de cette demeure où il ne séjournait que rarement. Il dépassa la première salle du rez-de-chaussée où étaient entreposés des sacs de farine et d'autres denrées en attente d'être rangées ou descendues à la cave, quelques outils et des rouleaux de tissus, des sièges et une table recouverte de bure et garnie d'un encrier pour recevoir les fournisseurs ou les solliciteurs, passa à côté de l'escalier droit qui menait aux étages, entra dans la cuisine bien ordonnée.

Alais était sans doute sans cervelle mais elle excellait dans son royaume. Les pots et les pichets étaient bien alignés sur les étagères, le carrelage proprement balayé, la table de planches nette, et un brouet mijotait déjà dans le chaudron accroché à la crémaillère dans la cheminée. A côté de la fenêtre, l'évier taillé dans un seul bloc de pierre était récuré. A droite de cet évier, un fenestron s'ouvrait sur une margelle qui donnait dans la tourelle du puits. Il suffisait d'ouvrir la petite fenêtre et de tourner la manivelle, et l'eau montait dans un seau de bois, sans qu'on ait besoin de sortir. Une porte à côté de la cheminée donnait sur une petite étuve qui se trouvait ainsi chauffée par le conduit pendant les mois d'hiver.

Dans l'arrière cuisine étaient conservées les provisions et les boissons. Les poissons en caques, les tonneaux de bière et de vin, les saloirs, les saumures dans de grands pots fermés, et les salaisons accrochées au plafond avec les bouquets d'herbes aromatiques séchées. Geoffroy fit un bref inventaire et fut satisfait de constater que même en cette période de disette ses provisions étaient suffisantes et bien préservées.

Au son d'un hennissement qu'il reconnut immédiatement, il se précipita dans la cour. Son fidèle destrier, qu'il avait senti s'effondrer sous lui et qu'il avait cru mort lorsqu'il avait été blessé au siège de Calais, était dans la petite écurie et il l'avait senti. L'animal ne tenait plus en place. Le palefrenier était en train de le sortir dans la cour. Le cheval hennissait en secouant la tête et agitait sa queue en tous sens. Geoffroy s'approcha et lui mit la main sur l'encolure. Le cheval plongea son nez dans le cou de son maître, qui se sentit venir les larmes aux yeux. Son épouse était absente, mais son cheval était là pour l'accueillir. Il lui donna un seau d'avoine, et après quelques effusions supplémentaires, Geoffroy reprit son tour du propriétaire. La cour à l'arrière de la maison était assez vaste, pourvue d'une petite écurie pouvant accueillir trois chevaux et une mule, d'une remise pour ranger les carrioles et les outils, et de latrines. Une citerne de bois était disposée dans un coin sous une chanlatte qui déversait l'eau de pluie collectée par les gouttières, et abritée par un auvent qui protégeait aussi un confortable tas de bûches. La cour s'ouvrait par un portail sur la ruelle derrière la maison.

Geoffroy rentra et monta au premier étage, principalement occupé par la grande salle au plancher de chêne qui donnait sur la rue. Eclairée par quatre fenêtres pourvues de vitraux colorés qui jetaient sur les meubles et les tentures des myriades d'éclats de lumière de toutes les couleurs. C'était le lieu de vie de la maison. Elle était garnie d'une belle cheminée au manteau sculpté, de coffres et de tapis, de la cathèdre du maître de maison entourée d'autres sièges à coussins brodés, d'un dressoir pour ranger la belle vaisselle et d'un lit à courtines pour qui restait parfois dormir.

Sur l'arrière, une étude de dimensions plus modestes, qui donnait sur la cour, était meublée d'une table de travail recouverte de quantité de parchemins et de papiers, des bibliothèques couraient sur deux des murs, encombrées de rouleaux et de livres. Les fenêtres de ce côté étaient pourvues de carreaux transparents qui offraient plus de lumière. Entre ces fenêtres, le même petit fenestron que dans la cuisine donnait sur la tourelle du puits et permettait d'avoir de l'eau fraîche à l'étage. L'eau usée s'écoulait par un trou dans le mur vers une canalisation qui descendait le long de la tourelle. Cet étage était aussi pourvu d'un retrait (6), dans une petite pièce dont le conduit donnait sur l'encorbellement en surplomb de la ruelle latérale.

Au deuxième étage, la chambre du seigneur des lieux, le plus souvent occupée par son épouse, donnait aussi sur la rue, mais était éclairée de fenêtres à vitrail transparent, et le métier à broder de Jeanne était toujours disposé à la lumière. Cette chambre aux murs peints de décors végétaux et d'entrelacs dorés sur fond bleu possédait de grands placards et des coffres de rangement, une cheminée plus petite ainsi qu'un vaste lit à courtines entouré de tapis. Une petite écritoire était disposée à la lumière devant la fenêtre. C'était un environnement intime plein de douceur ou Jeanne aimait passer ses après-midi avec ses dames de compagnie quand elle était à Paris. Aussi, Geoffroy préférait parfois dormir dans la salle après boire avec ses compagnons aux mœurs moins onctueuses.

Il passa la main sur la courte pointe, avec un peu de nostalgie. Il se sentait parfois fatigué à quarante-cinq ans passés de se déplacer sans cesse. Il avait passé si peu de temps avec sa jeune épouse, ses missions l'appelant la plupart du temps loin de son foyer, qu'à chaque fois qu'ils se retrouvaient ils étaient l'un et l'autre empruntés, comme s'ils avaient affaire à un étranger.

Il passa dans la chambre des enfants sur l'arrière de la maison. A côté du petit lit de bois sculpté où ils dormaient ensemble tous les deux, la paillasse de la nourrice, et un petit cheval de tissu bourré d'étoupe. Reconnaîtrait-il son fils après tout ce temps ?

Il redescendit au premier étage. Assis dans sa chaire devant la cheminée, il pouvait goûter un dernier instant de répit avant de retourner dans le chaos de ce siècle de calamités.

NOTES POUR LE CHAPITRE 3

1. Dans le catholicisme, le temps est régi par les heures canoniales. Au Moyen Âge, le temps et la vie sociale sont essentiellement rythmés par la sonnerie des cloches qui marquent les différentes heures canoniales. Traditionnellement, la journée comporte sept heures canoniales et la nuit une :

matines ou vigiles : milieu de la nuit (minuit) ;
laudes : à l'aurore ;
prime : première heure du jour ;
tierce : troisième heure du jour ;
sexte : sixième heure du jour ;
none : neuvième heure du jour ;
vêpres : le soir ;
complies : avant/après le coucher.

Différentes réformes liturgiques modifient la répartition de ces heures au long de la journée, ainsi du xie au xive siècle les heures canoniales se sont décalées progressivement vers le matin.

L'horloge mécanique est apparue sur les édifices publics vers la fin du XIVe siècle.

Pour savoir l'heure au moyen âge, on utilisait aussi des cadrans solaires ou des horloges hydrauliques (clepsydres).

2. L'abbaye Royale de Montmartre est une abbaye de moniales bénédictines qui était située à l'ouest de l'actuel Sacré Cœur, fondée par le roi Louis VI en 1133-1134. Il en reste l'église Saint Pierre de Montmartre, de nombreuses fois réparée et modifiée depuis la guerre de cent ans.

3. Paris a perdu environ 30% de ses occupants du fait de la peste de 1350. Par ailleurs, de nombreux réfugiés ou survivants des villages alentours qui se retrouvaient sans travail venaient à Paris poussés par la pauvreté dans l'espoir d'y trouver du travail. Le vagabondage a fait l'objet d'une ordonnance de Jean le Bon en 1351 : « *Ceux qui vou-*

draient y donner l'aumône n'en donnent à nul gens sain de corps et de membre qui puisse besogne faire dont ils puissent gagner leur vie, mais les donnent à gens contrefaiz, aveugles, impotents et autres misérables personnes. » Les peines pour vagabondage allaient de la marque au fer rouge au bannissement.

4. Absorbée en 1838 par la rue Rambuteau, quartiers des Halles. Un acte d'amortissement du 12 juin 1252 mentionne cette rue. En 1295 on la trouve sous le nom de « rue Canaberie », puis « rue de la Chanverie ». Puis vers 1450 comme « rue Temploirie ». On la trouve ensuite sous les noms de « rue de la Chanverie avec plusieurs orthographes. Dans les Misérables de Victor Hugo, c'est dans cette rue que meurt Gravroche sur une barricade. L'Histoire dit seulement que le roi a donné une maison à Geoffroy de Charny près de l'église saint Eustache, sans préciser dans quelle rue.

5. Encorbellement : chaque niveau avance sur la rue en surplomb du niveau inférieur. Ce principe de construction servait à augmenter la surface des étages supérieurs, et permettait ainsi d'éviter que les poutres en bois des façades ne pourrissent sous l'effet répété des intempéries. Par ailleurs, on payait des impôts en fonction de la surface au sol, et on essayait de gagner un peu de place en construisant des étages un peu plus spacieux, la seule avancée possible étant sur la façade et l'arrière puisque la plupart des maisons étaient mitoyennes.

6. Latrines

Chapitre 4

Le lendemain matin, il se leva avec le soleil. Il avait fort à faire. Après une courte prière il décida de commencer par se rendre à l'office à l'Eglise Saint Eustache toute proche. La rue était déjà bruyante et encombrée de marchands qui poussaient leurs carrioles à bras débordantes de marchandises, de servantes qui vidaient les seaux, de commères qui se dirigeaient vers les halles pour acheter les produits les plus frais de bon matin. Quelques années plus tôt avant la guerre et la peste on y croisait aussi des poules et des cochons.

Il n'avait que quelques arpents à parcourir pour atteindre le côté de cette petite église à peine plus grande qu'une chapelle, dont l'entrée se trouvait au croisement de la rue Coquillère (1).

En poussant la porte il passa soudain de l'animation bruyante de la rue dans l'éclatante lumière du matin à la pénombre recueillie de cette petite église de quartier. L'office était déjà commencé, le curé psalmodiait des choses incompréhensibles mais envoûtantes et Geoffroy resta debout près de la porte pour ne pas déranger les fidèles en prière agenouillés sur la pierre. Après un court instant de piété, il releva la tête. Son esprit était trop encombré des tâches difficiles qui l'attendaient. Il irait dans la matinée demander audience au roi en son palais de la cité, et il lui faudrait reprendre au plus tôt ses fonctions de conseiller, diplomate fin négociateur et gouverneur de Saint

Omer, il n'était pas question de laisser la Normandie aux mains des Anglais.

Il regardait en l'air à la recherche d'une inspiration divine, et tout ce qu'il vit fut un échafaudage sur le côté de l'église et un large morceau de bâche qui pendait sur ce qui devait être une sculpture en cours. Cela lui rappela qu'il devait travailler à tenir sa promesse d'établir une véritable église en son fief de Lirey, puisqu'il en avait reçu la patente et les moyens du défunt roi. Il faudrait que cette église dédiée à la Vierge Marie soit à la hauteur de la sainteté de la Mère de Dieu, et des sculptures de la sorte l'embelliraient assurément. Il passa le reste de l'office à bayer aux corneilles, puis à la fin de la messe laissa sortir les fidèles avant d'aller voir cet ouvrage de plus près.

Dans le silence revenu, il s'approcha de l'échafaudage, et alors qu'il soulevait un coin de la bâche, un homme sortit de la sacristie. Petit et noueux, il portait le vêtement traditionnel des travailleurs de la pierre, déjà blanc de poussière de calcaire : un tablier de cuir, un linge drapé autour de la tête, et dans l'une de ses mains entourées de chiffons, il tenait un maillet. Il s'approcha, et sans porter aucune attention à Geoffroy qui pourtant se trouvait devant lui, tira d'un coup sec sur la bâche qui dévoila en tombant dans un nuage de poussière un bas-relief presque terminé.

- C'est un travail magnifique, dit Geoffroy qui avait eu jusque-là peu l'occasion d'en admirer de semblables.

- C'est une mise au tombeau, répondit l'artiste avec un accent arrondi, transalpin sans aucun doute. J'en ai déjà fait deux à Milano, toutes les églises en veulent, maintenant.

Geoffroy ne pouvait quitter des yeux la vierge profondément affligée, les yeux creux et les traits tombants, Joseph d'Arimathie soutenant avec dévotion la tête et Nicodème soutenant les pieds du Christ sous les regards de trois saintes femmes en prières, les plis drapés du suaire, et soudain dans le coin gauche la pierre brute dont l'œuvre n'avait point encore émergé.

- Ce n'est pas terminé, j'ai encore pour plusieurs semaines de travail, et puis je devrai appliquer la couleur, je n'ai pas encore reçu les pigments de Firenze.

Geoffroy le complimenta encore chaleureusement, et tandis que l'artiste saisissait un burin et tapait à petits coups de maillet pour finir un pli du linceul, la conversation s'engagea entre les coups de marteau. Marco Da Caversaccio était sculpteur et avait travaillé à Florence en compagnie de son frère ainé Giovanni (4), peintre réputé. Malheureusement, en raison d'un malentendu, sa présence était devenue indésirable et il avait dû s'expatrier. Mais il avait eu la chance qu'un évêque français de passage remarque son travail, et il était rentré avec lui en France pour y exercer son art.

Geoffroy ne s'appesantit pas sur la raison de cet exil, tout intéressé qu'il était par l'œuvre qu'il avait sous les yeux.

- Serez-vous encore à Paris dans quelques mois ? demanda-t-il à l'artiste.

- Certainement, Messire, j'aurai à faire sur le chantier de la cathédrale.

- Dans ce cas je vous retrouverai, j'aurai sans doute une tâche pour vous.

Et il sortit de l'église, avec le sentiment de n'avoir pas perdu son temps. Il repassa par chez lui rue de la Chanverrie, ceignit son épée et arrangea sa vêture armoriée afin d'être reconnaissable. Il se rendit dans son cabinet de travail, et après avoir remué moult paperasses retrouva le sauf conduit signé du roi Philippe VI et portant son sceau, qui lui permettrait d'accéder au Palais de la Cité. Puis, accompagné d'un seul valet, il se dirigea vers les Halles (4) pour rejoindre l'ile de la Cité. Il longea la boucherie de Beauvais en se bouchant le nez, dérangé par l'odeur nauséabonde qui s'échappait de ce grand bâtiment, en se demandant comment on pouvait tolérer pareille nuisance au centre d'une ville comme Paris.

Il rejoignit la Seine par l'étroite rue Tirechappe et déboucha sur la grève à la pointe de l'île. Bien que son niveau fût bas en cette saison, le trafic de bateaux était dense autour du pont aux Meuniers (5). Deux moulins étaient tirés sous les arches du pont, un troisième était en train d'y être amarré. Des bateaux plats circulaient, portant des sacs de blé ou de farine.

Il remonta la Seine jusqu'au pont aux Changeurs (6) qu'il traversa sans apercevoir le fleuve tant les boutiques des orfèvres et des courtiers y étaient serrées. Il avait souvenir d'avoir dû s'y frayer un chemin au milieu de la foule quelques années auparavant, mais les affaires ne semblaient pas florissantes ces temps-ci et la chalandise était clairsemée.

Arrivé de l'autre côté du pont sur l'Ile de la Cité, il tomba au coin des murs du Palais sur un chantier de maçonnerie qui causait un embouteillage malencontreux car la rue Saint Barthelemy (7) était la principale artère pour traverser l'Ile. Une nouvelle tour était en construction, qui semblait carrée, au contraire de toutes les autres (8). Il avait vu juste, le roi Jean s'était déjà lancé dans des travaux destinés à laisser sa trace dans l'histoire des bâtiments de France, sans songer qu'il en laisserait une autre dans l'histoire des faillites les plus retentissantes du royaume (9).

Il longea les étals accrochés à la muraille qui vendaient des sabots, des souliers de piètre aloi, des bourses de cuir et des colifichets fabriqués pendant l'hiver par les paysans de la région, se frayant un chemin parmi les badauds, son valet toujours sur ses talons. Il songeait à sa prochaine entrevue avec le roi, sans pouvoir en imaginer à l'avance la teneur. Il repensait à ce que lui avait dit le sieur de Mortemer à Rouen alors qu'ils partageaient un cuvier à l'étuve. Il avait connu Jean Duc de Normandie, mal avisé, capricieux et irritable, avec une tendance funeste à prendre de mauvaises décisions et à s'attirer de graves inimitiés par leurs effets désastreux. Mais au moins en ce temps-là son père gardait un œil sur lui. Un père qu'il n'avait jamais aimé, puis honni, l'épisode du dernier mariage du roi ayant porté la haine à son acmé.

Le roi Philippe VI avait promis son fils Jean à Blanche de Navarre, la sœur de Charles le Mauvais. Cette union aurait fait taire les revendications dynastiques du Mauvais, puisqu'il serait entré dans la famille.

Mais lorsque le roi Philippe, récemment veuf et déjà presque un vieillard à cinquante-sept ans, rencontra la fiancée de son fils, il fut subjugué par cette beauté de seize ans, il en tomba éperdument amoureux, et décida sans tarder de l'épouser lui-même plutôt que de la laisser à son héritier, en coupant court à toute protestation. Jean en conçut une grande amertume.

Rapidement, le roi Philippe, aveuglé par l'amour, ne vit plus rien de ce monde que sa nouvelle épousée, laissa de côté les affaires de l'état pour s'enfermer avec elle à l'abri des courtines. Sans doute épuisé par l'ardeur de sa passion, il commença à dépérir et six mois plus tard il avait trépassé, laissant sa reine enceinte. Blanche était libre, toujours aussi belle, mais restait la belle-mère de Jean et la reine douairière, inaccessible.

Geoffroy doutait que ce nouveau roi de trente-deux ans ait brutalement reçu avec sa couronne le bon sens et l'intelligence dont il aurait eu grand besoin. Comme son père, il confondait l'étalage du faste avec le témoignage de sa noblesse, et dépensait sans compter de l'argent qu'il n'avait pas pour exhiber un vernis de puissance à la face du monde. Une fois au pouvoir, sans plus personne au-dessus de lui pour lui tenir la bride, il finirait sans doute de mener le royaume à sa perte, et il faudrait toute la diplomatie du monde pour contrecarrer ses desseins sans y perdre la vie, car il était déjà réputé pour avoir la sentence de mort facile à la moindre contrariété. Ainsi, en novembre précédent, Raoul de Brienne, comte d'Eu, connétable de France (10) et connu pour sa fidélité au roi, avait été décapité dès son retour de captivité pour haute trahison.

NOTES POUR LE CHAPITRE 4

1. Cette rue existe toujours, elle croise la rue Rambuteau dans le quartier des Halles à Paris. C'est une des plus anciennes rues de Paris. Elle fut ouverte au XIIIe siècle, peu après la construction de l'enceinte de Philippe Auguste.

2. Eglise Saint Eustache : les origines cette église remontent au début du XIIIe siècle. Une chapelle consacrée à sainte Agnès fut le premier édifice construit. Une crypte portant ce nom jouxte encore l'église côté oriental. Cette chapelle serait le don d'un bourgeois de Paris, Jean Alais, qui l'aurait fait bâtir en remerciement du droit que le roi Philippe Auguste lui avait octroyé de prélever un denier sur chaque panier de poisson qui arrivait aux Halles. Dès 1223, Sainte-Agnès fut érigée en paroisse et prit le nom de Saint-Eustache.

En 1532 la première pierre de l'église actuelle qui devait la remplacer fut posée par Jean de la Barre, Prévôt des marchands.

3. Giovanni da Milano, dit Giovanni da Caversaccio : actif entre 1346 et 1369). Né en 1325 mort en 1370. Originaire de Caversaccio, près de Côme, il figure en 1346 sur une liste de peintres étrangers résidant à Florence. En 1365, il travaille aux fresques de la chapelle Rinuccini, dans la sacristie de Santa Croce (scènes de la Vie de la Vierge et de Marie-Madeleine) et signe, la même année, une Pietà aujourd'hui conservée à l'Académie de Florence. Son frère Marco dont il est question dans ce livre est un personnage fictif.

4. Les Halles de Paris : tout au long du XIIIe siècle, des bâtiments spécialisés sont construits : halle aux corroyeurs, aux merciers, deux halles pour le poisson frais ou salé.... Pour assurer la conservation et la sécurité des marchandises, la zone est entourée d'une enceinte dont les portes sont fermées la nuit. Les activités commerciales et artisanales envahissent l'ensemble des voies avoisinantes comme en témoignent les noms des rues (rues de la Chanverrie (marchands de chanvre), de la Lingerie, de la Tonnellerie, de la Ferronnerie, de la Poterie, de la Fromagerie...).

5. Pont aux Meuniers : situé un peu en aval du pont au change, le pont aux meuniers est au XIVe siècle une simple passerelle piétonne pour

relier jusqu'à 13 moulins. Il était destiné à utiliser l'énergie hydraulique pour moudre le blé à l'usage de des habitants de la ville de Paris. Réservé aux riverains, ce n'était pas un pont de passage public. Les moulins n'étaient pas fixes mais flottants sur des bateaux. Ils étaient amarrés en aval et tirés sous le pont pour fonctionner. Le pont aux Meuniers s'effondra le soir du 22 décembre 1596 provoquant 150 morts.

6. Pont aux changeurs : l'actuel Pont au Change. Le premier pont qui fut construit à cet endroit au IXe siècle s'appelait alors le « Grand-Pont », par opposition au « Petit-Pont » sur le bras du fleuve le plus étroit de l'autre côté de l'île. Peu solide, il perdit six arches après les crues de 1196, 1206 et 1280 avant d'être emporté par la dernière en décembre 1296.

Il fut remplacé par un nouveau Grand-Pont qui deviendra le « Pont-aux-Changeurs », reconstruit de biais légèrement en amont, et des maisons y furent construites sur toute sa longueur. Son nom actuel provient du fait que les changeurs, les « courtiers de change », y avaient leurs boutiques. Après avoir été détruit par un incendie, il fut reconstruit de 1639 à 1647, avec des maisons sur les côtés, qui furent rasées en 1786.

7. Actuel boulevard du Palais

8. Tour de l'horloge : construite entre 1350 et 1353, sur un ancien terrain marécageux, cette tour de guet massive sera dotée d'une des premières horloges publiques en 1370.

9. Palais de la Cité : Jean II le Bon (1350-1364) fit réaliser de nombreux travaux dans le palais de la Cité. En décembre 1349, encore Dauphin, il fit procéder à des travaux dans la "Chambre du Palais", peut-être au deuxième étage du Logis du Roi. Au début des années 1350, l'aile de la Galerie Mercière fut surélevée pour y construire des logements. Le futur Charles V y résida entre 1357 et 1358.

10. Connétable de France : chef des armées.

Chapitre 5

Il poursuivit son chemin jusqu'à la grande porte du Palais, dûment gardée par six lanciers qui examinèrent attentivement son sauf-conduit et tiquèrent car le sceau était celui de l'ancien roi, mais s'écartèrent en reconnaissant son blason.

La vaste cour était encombrée d'une foule chamarrée, de multiples étals de marchands vendant des fruits, de l'eau et de la bière, des pains et des fromages, toutes sortes de collations dont le millier de serviteurs, de clercs et d'employés divers qui travaillaient en cet endroit auraient pu avoir envie. Des chevaliers en armes houspillaient des carriers qui livraient des pierres dans des charrettes, des gens de robes rasaient les murs pour ne pas recevoir trop de poussière. Geoffroy et son valet se trouvèrent bientôt en face du grand escalier qui menait à la galerie mercière, encombré de maçons et d'outils de toutes sortes. La galerie était elle aussi en travaux.

Ils gravirent donc l'escalier latéral qui menait à la grand'salle où siégeait le roi. Après s'être fait connaître en haut du perron, ils purent pénétrer dans l'immense salle aux voûtes d'une hauteur vertigineuse. L'espace résonnait du brouhaha de la foule des gens qui s'y promenaient à pas lents ou devisaient en cercles, la plupart richement vêtus d'étoffes chatoyantes et cliquetant de colliers d'or, admirant les statues des rois de France précédents et les cheminées monumentales dans lesquelles on aurait pu faire rôtir un bœuf de la barbe à la queue (1). Depuis la hauteur des genoux jusqu'en haut des colonnes, les murs étaient peints d'un bleu d'azur piqué de fleurs de lys dorées, et bordés en leur lisière supérieure de frises d'entrelacs de verdure sur fond doré. De vastes tapisseries étaient suspendues entre ces mers de fleurs de lys.

Vers le milieu de cette salle, sur une petite estrade de trois marches adossée au mur et surmontée d'un haut dais de bois sculpté garni de velours bleu profond parsemé de lys d'or, se tenait le roi, assis sur son trône, les pieds sur un coussin de soie. Le connétable Charles de la Cerda, aussi appelé Monsieur d'Espagne (2), perché sur la dernière marche, était penché sur lui et lui tenait la main en chuchotant à son oreille. « Ces deux-là sont toujours collés comme cul et chemise » se dit Geoffroy.

Le nouveau roi avait un peu épaissi depuis que Geoffroy l'avait quitté duc de Normandie. Il avait toujours la mâchoire pesante, le cheveu filasse, les traits tombants et le teint cireux. Il leva ses lourdes paupières et ses yeux globuleux se posèrent sur Geoffroy parmi l'attroupement serré qui étouffait l'espace du trône.

La Cerda était aussi ténébreux que le roi était falot, les yeux noirs de velours surmontés de sourcils épais, la bouche gourmande et la mâchoire anguleuse ombrée de barbe naissante, son visage viril était démenti par sa tournure affectée. Il était mince, la taille bien prise, le mollet galbé et la démarche chaloupée. En réalisant qui était devant lui, le roi lâcha soudain la main de La Cerda qui dévala les trois marches en rajustant son bonnet emperlé et se tint raide à côté du trône comme un enfant pris en faute.

Plusieurs tabourets étaient disposés là en cercle, mais personne n'osait s'asseoir.

- Mon bon ami, je suis bien aise de vous voir, dit le roi.

- Sire, dès mon retour je viens vous présenter mes hommages et remettre ma vie entre vos mains par la grâce de Dieu, répondit Geoffroy en s'inclinant presque jusque au vaste tapis qui délimitait autant que faire se peut un semblant d'intimité royale dans cette immensité.

Le roi se leva, descendit de son trône en traînant derrière lui son manteau fleurdelisé bordé d'un large col d'hermine et se penchant, entreprit de relever Geoffroy. Aussitôt la foule se recula comme pour mieux voir qui était l'objet de cette extraordinaire royale attention.

- Venez avec moi, dit le roi, nous avons à nous entretenir.

Geoffroy eut juste le temps d'envoyer une œillade à son valet qui comprit qu'il devait aller l'attendre au dehors, et il suivit le roi qui s'en allait d'un pas vif vers le fond de la grand'salle. La foule s'écartait devant eux comme la mer rouge devant le Christ. Ceux qui l'avaient connu pensaient sans doute qu'il était mort en captivité aux mains des Anglais et les autres se demandaient qui était ce chevalier qui captait autant d'attention de son roi. D'aucuns se regardaient en biais et questionnaient leurs voisins pour savoir s'ils connaissaient ce blason de gueules à trois écussons d'argent. Il reconnut au passage Jehan de Saintré et Jean le Meingre dit 'Boucicaut' qui avaient été ses compagnons d'armes, et se promis de les saluer au retour.

Ils pénétrèrent dans la grand'chambre du parlement, qui était située entre les deux tournelles donnant sur la Seine, éclairée par une large fenêtre en ogive, et s'installèrent dans un coin sur des sièges pliants.

- Mon bon ami, reprit le roi, il me tardait de vous revoir ici. J'ai grand besoin de vous. Jusqu'ici la guerre a coûté fort cher. Les caisses sont vides et nous peinons à payer nos soldats.

Geoffroy avait ouï dire de cette situation et avait constaté depuis qu'il avait mis un pied sur le sol de France la misère et la dévastation, mais à voir le luxe et la magnificence du palais, ainsi que la riche vêture du nouveau connétable, qui dégoulinait de perles et de pierreries sur son pourpoint de soie, il se dit que décidément quelque chose ne tournait pas rond dans ce royaume. De plus, c'était mal parti pour demander au roi un prêt pour l'aider à payer sa rançon, qu'il devait toujours au roi d'Angleterre, ayant été libéré sur parole comme c'était la pratique.

- Depuis le début de la guerre, reprit le roi, mon père le roi Philippe a alloué aux trésoriers militaires des sommes suffisantes pour payer les capitaines chargés d'entretenir leurs effectifs. Mais bon nombre de ceux-ci, avides de gains, au lieu de verser une solde décente à leurs soldats avec l'argent qu'ils avaient reçu, se sont rendus coupables de détournements, ont artificiellement gonflé leurs effectifs avec des hommes de paille pour obtenir plus de dotation, et même mon connétable ici présent ne parvient pas à savoir combien nous avons de soldats, ni à obtenir des justificatifs des dépenses. De leur côté, les soldats mal payés se transforment volontiers en pillards dans nos campagnes déjà exsangues. J'ai levé de nouveaux impôts pour financer la guerre mais je ne peux pas en lever d'autres dans courir à la rébellion.

Geoffroy se demanda si l'argent des impôts servait vraiment à payer les soldats. Le roi continua.

- J'ai créé des Commissaires de Guerre (3) pour contrôler les effectifs et vérifier que le matériel demandé est bien remis aux armées et pas revendu ou détourné, mais ces roués capitaines parviennent encore à nous gruger. Les meilleurs soldats sont démotivés et un bon nombre sont déjà passés sous la bannière anglaise, appâtés par une solde confortable, des récompenses en domaines en cas de victoire, et des distinctions honorifiques que la France ne peut pas leur offrir. Le roi d'Angleterre Edouard a créé l'ordre de la Jarretière (4), et de plus en plus de nos gens de guerre attirés par la gloire et la richesse combattent déjà pour l'ennemi.

Nos troupes ont été décimées par les désastres de Crécy et de l'Ecluse il y a quelques années, je ne peux pas perdre les soldats qu'il me reste et il est urgent de réorganiser cette armée qui part à vau l'eau. La trêve est fragile et l'Anglais n'attend qu'un prétexte pour nous attaquer à nouveau.

Je vous tiens comme le meilleur chevalier au combat, mais aussi le plus versé dans les affaires militaires et la diplomatie. Aussi, avant de vous en retourner à Saint Omer reprendre votre fonction de gouverneur, de Picardie et des Frontières de Normandie je veux que vous restauriez une armée forte et efficace. A cette fin je vous nomme membre de mon Conseil Secret et vous recevrez la solde qui convient, mais je vous veux à Paris par devers moi tant que la situation ne se sera pas améliorée. Vous résiderez dans votre maison vers Saint Eustache et vous aurez au palais un cabinet de travail et trois clercs pour vous assister. Vous me ferez état de tous les moyens et matériels dont vous avez besoin, qui vous seront diligentés sans tarder.

De plus, je vais m'employer à vous faire remettre d'ici quelque temps la somme de douze mille écus pour payer votre rançon, car je veux que vous ayez l'esprit tout à votre tâche. Ce n'est qu'une question de trouver à les emprunter.

- Sire, répondit Geoffroy en se levant d'un bond et en s'agenouillant devant le roi, tout secoué de cette avalanche d'honneurs, je suis votre obligé et votre humble serviteur, il sera fait selon votre bon vouloir.

- Relevez-vous, mon bon Charny, la Cerda va vous mener à votre cabinet de travail.

Geoffroy n'osait pas regarder Charles de la Cerda, et se demandait quel pouvait être le sentiment de ce ministre des armées qui passait pour une andouille puisque ce n'est pas à lui qu'on confiait le redressement d'une machinerie de la taille des troupes françaises, et qu'il se retrouvait à faire l'huissier pour conduire Charny dans le dédale du palais. Mais la Cerda semblait s'en soucier comme d'une guigne. Quelqu'un allait faire le travail et c'est lui qui en récolterait les honneurs. Et puis, s'il ne dédaignait pas de guerroyer pour se dégourdir les jambes, c'était avant tout un navigateur et un marin, et s'il était fin tacticien sur l'eau, il était piètre chef de guerre sur terre.

De plus, il ne tenait pas tant que cela à s'occuper de tâches qu'il maîtrisait mal et qui auraient pu l'éloigner de son cher Jean et du confort du Palais. On l'avait déjà contraint à épouser Marguerite de Blois pour sceller une alliance avec la Bretagne au début de l'année et faire taire les mauvaises langues sur ses mœurs, mais il avait réussi à réexpédier la petite fille de six ans chez ses parents.

- Reviens-moi sans tarder, Charles, dit le roi en lui pressant la main, puis s'adressant à Geoffroy : à vous revoir au plus vite avec les premiers résultats de votre réflexion. Et il sortit pour rejoindre son trône.

Geoffroy suivit la Cerda. Dès qu'ils eurent regagné la grand'salle du palais, la foule s'écarta à nouveau comme un banc de menu fretin à l'approche d'un brochet. Tous se demandaient ce qu'il avait bien pu se dire à l'abri de cette salle, et pourquoi c'était le connétable de France qui guidait ce chevalier en ayant l'air de lui rendre les honneurs. Son nom commençait à se murmurer parmi l'assemblée.

Ils sortirent par la galerie des prisonniers, descendirent dans la cour par un étroit escalier, laissèrent à leur gauche le vieux donjon, longèrent le logis royal et gravirent à nouveau le perron qui menait à la chambre des comptes attenante aux appartements du duc d'Orléans.

Au premier étage, après une succession de couloirs, ils parvinrent à une belle porte de bois sculpté gardée par deux huissiers d'armes. A la vue de la Cerda, ils s'écartèrent et Geoffroy le suivit à l'intérieur. Il ne s'agissait pas d'une seule pièce mais d'un véritable appartement dont la première pièce était une antichambre garnie de fauteuils disposés autour d'une imposante cheminée. Sur le mur opposé à la cheminée s'ouvrait une grande pièce éclairée par deux étroites fenêtres, où trois clercs étaient déjà au travail en train de consulter des registres et des parchemins. Des rayonnages couverts de livres et de parchemins couraient sur les murs. A leur arrivée, ils se levèrent en laissant tomber leur ouvrage, lâchèrent leur plume et remirent leur bonnet en place, venant s'incliner devant Geoffroy, peu habitué à ces égards réservés à la noblesse. Il ne savait pas trop quoi faire en voyant ces trois jeunes gens à ses genoux.

- Relevez-vous, mes braves, dit-il, nous allons travailler de front, et j'aurai grand besoin de votre savoir. Comment vous appelez vous ?

Rassuré par cette entrée en matière, le plus âgé se releva avec peine et présenta l'équipe.

- Sire, nous sommes à votre service. Je suis Arnaud Leboeuf, de Saint Jean de Bonneval, mais on m'appelle Contrehastier (5) et ces deux jeunes clercs sont Aymeri de Saint André et Guillaume Lefranc, dit-il en montrant les deux adolescents empruntés.

- Saint Jean de Bonneval ? dit Geoffroy, mais nous sommes pays alors ? (6)

- Certes Messire, ma famille connaît la vôtre depuis plusieurs générations, bien que pour la vôtre la mienne soit invisible. Bon nombre d'hommes de ma famille ont été bouchers à Saint Jean de Bonneval.

- Mais oui, bien sûr, Leboeuf, nos maîtres queux se fournissent chez vous ! Par quel hasard vous retrouvez vous ici ?

- Au désespoir de mes parents j'avais plus d'inclination pour l'étude, le Grec et le Latin que pour l'équarrissage et la triperie… Ne sachant que faire de moi ils m'ont envoyé à l'école au monastère, et de là mon parrain m'a trouvé assez doué pour me recommander à l'université, et c'est ainsi que je suis venu à Paris.

- Hé bien nous pourrons parfois parler de notre Champagne pour nous reposer. Geoffroy montra de la main le fatras de documents étalés sur les trois bureaux. Que faites-vous pour l'heure ?

- Messire, nous essayons de dénombrer l'armée, mais c'est une tâche difficile, les documents sont contradictoires.

- Dès demain matin nous tenterons d'y mettre bon ordre. En attendant, allez prendre un peu de repos et une collation, car la tâche sera rude. De mon côté, je dois aussi régler quelques affaires aujourd'hui. Retrouvons nous tous quatre demain matin de bonne heure.

- Les trois clercs, tout sourire et grandement soulagés, s'inclinèrent devant Geoffroy.

- Avant de partir pourrais-je voir mon cabinet de travail ? demanda-t-il ?

- Certainement Messire, dit Arnaud. Il se dirigea à petits pas vers le fond de la salle, ouvrit une petite porte de bois et s'effaça pour laisser passer Geoffroy. La pièce n'était pas grande, mais confortablement installée et lumineuse, éclairée par deux fenêtres qui donnaient dans la grande cour sur la Sainte Chapelle. Une longue table couverte de bure faisait dos à la cheminée, et en face, le long du mur où s'ouvrait la porte, un dressoir portait des gobelets et quelques plats, sans doute pour les jours où le labeur le retiendrait au travail à l'heure des repas. Des coffres et des étagères de bois sombre et luisant, vides pour l'instant, n'attendaient que de recevoir les rapports qu'il devrait établir et que le roi était impatient de recevoir.

Geoffroy alla jusqu'à la fenêtre où il se tint debout sans bouger, perplexe, faisant mine de regarder dehors pour se donner une contenance.

La charge était lourde et la solde en était conséquente. Pour un chevalier, petit châtelain de province sans autre titre, c'était une aubaine. Il avait été porte oriflamme (7) du feu roi et sa charge lui avait procuré les moyens de refaire la toiture de sa maison forte de Lirey en belles tuiles de Joigny et construire une nouvelle grange, mais son titre et sa solde s'étaient évanouis avec la disparition du roi Philippe et les mois passés avaient dû être difficiles pour sa famille, les terres ne rapportant plus grand-chose en cette période de guerre. Il allait pourvoir payer ses gens, acheter un nouvel équipement de chevalier, et rhabiller convenablement ses écuyers.

Puisqu'il était tenu de rester à Paris jusqu'à nouvel ordre, il allait faire revenir son épouse, ses enfants et ses gens. Mieux, il irait les chercher lui-même, ce qui serait l'occasion de passer quelques jours sur ses terres. Au terme de sa réflexion, il soupira d'aise. La tâche serait rude, mais il n'aurait pu espérer mieux au retour d'une si longue absence.

Pour l'heure, il fallait qu'il retrouve son valet dans cette multitude. Il salua et rejoignit la Cerda sur le seuil de l'antichambre. Ce dernier lui expliqua comment sortir de l'édifice, ce qui était plus simple qu'il ne l'aurait cru, à son grand soulagement.

Il fut tout étourdi par le bruit de la foule dès qu'il mit un pied dehors. Comment allait-il retrouver Colin ? Il s'approcha de la grande porte de l'enceinte, mais ne le vit point. Il circula un peu parmi les étals qui vendaient des beignets, des bols de soupe et des portions d'omelette au lard, et s'avisa qu'il était autour de midi, et que Colin devait être en train de manger quelque part. Il descendit dans la salle des gens d'armes, située sous la grand'salle et de dimensions semblables (8), où étaient habituellement dressées les tables ou se serraient tous les clercs, valets et employés du palais aux heures des repas. Nul doute que l'astucieux Colin avait trouvé un moyen de se nourrir à moindre frais.

Il poussa la porte et se retrouva à l'intérieur, en haut d'un perron d'une vingtaine de marches qui dominait la salle. De longues tables de bois dont il ne voyait pas le bout avaient été dressées, couvertes de victuailles sommaires mais appétissantes, pains, fromages, lard, fruits et de grands chaudrons de soupe. Des centaines de convives en habits de clercs, de valets ou de servantes assis sur des bancs s'interpelaient, tandis que des commis de cuisines se hâtaient dans les rangs en portant des plateaux ou des récipients de toutes sortes. Geoffroy n'avait jamais pénétré dans cette salle et n'avais jamais vu autant de gens partager un repas. Certains semblaient s'être installés par affinités, les sages servantes en bonnet blanc d'un côté, les ouvriers déjà rouges de boisson d'un autre, les clercs discrets et vêtus de brun sur le côté.

Il ne passa pas inaperçu, car la présence d'un chevalier en ces lieux était assez insolite. Plusieurs regards se levèrent sur lui, les piailleries et le fracas des plats s'atténuèrent en bas de l'escalier. Colin, qui était judicieusement resté près de la porte, l'aperçut, enfourna un quignon de pain dans sa poche, et après une dernière gorgée dans son gobelet se leva en enjambant le banc pour le rejoindre en haut de l'escalier.

- J'ai interrompu ton repas, dit Geoffroy. Pour ta peine tu auras droit à une pinte de bière en rentrant.

Colin remercia, tout en se disant que tous ces derniers mois il n'avait pas attendu la permission du maître pour écluser moult pichets quand l'envie lui prenait. Les temps allaient changer.

NOTES POUR LE CHAPITRE 5

1. De la barbe à la queue : expression à l'origine du mot barbecue, tels que les Anglais le comprirent à l'époque.

2. Charles de la Cerda : de double lignée royale puisque descendant à la fois de Saint Louis et du roi d'Espagne Alfonse XIII, Charles de la Cerda est à peu près du même âge que Jean Le Bon et ils ont été élevés ensemble. Il devient le favori du roi qui le fait comte d'Angoulême à la place de l'intrigant Charles le Mauvais. Ce que ce dernier estime être une spoliation s'ajoute à sa rancœur de ne pas régner sur le royaume de France.

En janvier 1351, Charles est fait connétable de France à la place de Raoul II de Brienne, comte d'Eu condamné à mort et exécuté pour trahison dès son retour de captivité en Angleterre, mais la raison de sa condamnation n'ayant jamais été clairement établie, il se peut que le but du roi était seulement de donner cette charge à son ami. L'histoire prête une liaison à Jean le Bon et Charles la Cerda.

3. 30 avril 1351 : Jean le Bon par une ordonnance augmente les soldes de soldats à la conditions qu'ils se soumettent à des inspections (la *montre*) pour contrôler que le matériel que les capitaines ont commandé leur a bien été remis. Les capitaines doivent rendre des comptes au connétable et aux maréchaux. Avant cela il n'existait pas d'administration centrale de l'armée en France.

4. Ordre de la Jarretière : l'ordre de la Jarretière (Most Noble Order of the Garter) est le plus élevé des ordres de chevalerie britanniques, fondé le 23 avril 1348 le jour de la Saint Georges, en pleine guerre de Cent Ans, par le roi Edouard III.

Il aurait décidé de créer cet ordre lors d'un bal à Calais, où il dansait avec sa maîtresse, la comtesse de Salisbury. Celle-ci ayant, en dansant, fait tomber sa jarretière, le roi, la ramassa sous les moqueries des danseurs, la mit à son genou et coupa court aux railleries par ces mots : « Messieurs, honi soit qui mal y pense. Ceux qui rient maintenant seront très honorés d'en porter une semblable, car ce ruban sera mis en tel honneur que les railleurs eux-mêmes le chercheront avec empressement. ». Au XIVè siècle, la noblesse anglaise s'exprimait en langue anglo-normande, langue d'Oïl proche du Français, héritage de Guillaume le Conquérant, d'où l'orthographe de « honi » qui diffère du Fran-Français. Cette phrase est devenue la devise de l'Ordre de la Jarretière, qui subsiste encore de nos jours.

5. Contrehastier : en ancien Français : celui qui reste près du feu. (Hastier : grand chenet de cuisine à plusieurs crans pour les broches).

6. Pays / Payse : originaire du même village ou de la même région.

7. Porte Oriflamme : Au moyen âge, l'oriflamme de Saint Denis était l'étendard du roi. En temps de paix, le Porte Oriflamme occupait une haute fonction militaire dotée d'une pension conséquente. Lors des déclarations de guerre, il allait chercher l'oriflamme entreposé à la basilique de saint Denis et devait le porter pendant les batailles. Le 31 juillet 1351, Geoffroy de Charny reçoit du roi Jean le Bon la somme de douze mille écus pour l'aider à payer sa rançon.

8. Salle des gens d'armes du Palais de la Cité : la grande salle voûtée, d'une hauteur de 8,50 m sous plafond, qui se trouve sous la grand'salle, (dans la pratique en sous-sol puisqu'il faut descendre une vingtaine de marches pour y accéder), a été construite au début du XIVe siècle et servait de réfectoire aux employés du Roi.

A la révolution française, elle deviendra célèbre sous le nom de «la conciergerie », antichambre de la guillotine, dernière demeure de bien des nobles, du roi de France et de sa famille.

Chapitre 6

Dès son retour au quartier des Halles, Geoffroy se rendit dans son étude. Il devait consulter les comptes de sa maison et organiser le retour de sa famille et de ses gens. Il commença par rédiger une missive à l'attention de son épouse pour l'informer qu'il était de retour à Paris, qu'il viendrait prochainement les visiter et qu'elle devait préparer leur retour vers la capitale. Il dépêcha un valet muni d'une bourse pour qu'il remette la lettre à un chevaucheur afin qu'elle atteigne Pierre Perthuis dans les meilleurs délais.

Puis il se mit en devoir de réfléchir à sa nouvelle mission en marchant de long en large. Il avait ouvert la fenêtre donnant sur la cour et regardait un nid d'hirondelles sous les tuiles, au-dessus du grenier à foin. Les oiseaux se moquaient bien de la guerre, de la peste, et de la dévaluation des monnaies. Les petits ouvraient grand le bec et la mère attentive veillait à les nourrir chacun à leur tour. Si seulement la vie pouvait être aussi simple, se dit-il.

A ce moment, un grand vacarme se fit entendre au rez-de-chaussée. On tambourinait impérieusement contre la porte. Geoffroy sortit de sa chambre d'étude et se pencha en haut de l'escalier pour voir Ancelin qui allait ouvrir en s'essuyant les mains avec une touaille (1).

Un officier portant les armoiries royales s'encadrait dans le volet supérieur ouvert et réclamait le maître de maison. Il descendit et vint s'enquérir de l'objet de cette visite.

- Messire, je vous apporte une lettre patente de la part du roi et un sauf conduit.

Il tendit à Geoffroy deux documents fermés du sceau du roi. L'un confirmait sa charge de gouverneur de Picardie et des frontières de Normandie, assortie de celle de conseiller militaire spécial, pour une pension de mille et cent livres. L'autre était un document attestant qu'il pouvait circuler librement dans les endroits les plus inaccessibles ou protégés du royaume.

L'officier lui mentionna qu'il devrait se présenter le lendemain au grand argentier qui lui remettrait une avance sur sa pension, puis tourna les talons, remonta sur son cheval et repartit au galop en manquant de renverser une commère et son panier de linge.

Geoffroy remonta dans son étude pour relire ces documents qui faisaient de lui l'un des plus importants personnages du royaume. Il en était presque inquiet. Le roi Jean était connu pour 'avoir ses têtes'. Il s'entichait de quelqu'un, lui trouvait toutes les qualités du monde, le portait aux nues, voire le faisait duc, lui accordait une confiance aveugle, puis au moindre soupçon ou à la moindre déception, ce qui était courant, la disgrâce s'abattait sur le malheureux, parfois en même temps que la hache du bourreau, alors qu'il n'avait rien fait ni dans un sens ni dans l'autre ni pour mériter sa bonne fortune ni pour en être privé. Il se releva, alla jusqu'à la porte, passa la main au-dessus du chambranle et en retira une clé. Il ouvrit la crédence qui faisait face à sa table de travail, y rangea les deux documents et replaça la clé au-dessus de la porte.

Il valait mieux ne pas décevoir le roi, mais pour l'heure, il n'avait pas la tête à se pencher sur cette périlleuse entreprise. Il commença par faire la liste de ceux de ses valets, écuyers, pages, palefreniers, gens de cuisine, lingères et autres serviteurs qu'il allait faire revenir à Paris. Il faudrait aussi ramener un intendant, car il n'aurait pas le temps de s'occuper de gérer toute la maisonnée.

Il devrait peut-être trouver à louer une maison alentour pour les loger tous, car habituellement il ne séjournait pas de longues périodes à Paris. La longue liste des choses à faire tournoyait dans son esprit. Il ne tenait pas en place, et décida de se mette en quête d'un logis pour ses gens. Cela ne devrait pas être difficile à trouver, la peste, dont l'épidémie s'était terminée seulement quelques mois plus tôt, avait laissé beaucoup de maisons vacantes.

Il devrait aussi se faire fabriquer de nouveaux vêtements, car le peu qu'il avait rapportés d'Angleterre ne seyaient plus à son rang. Il lui faudrait des chemises et des braies de lin, un ou deux doublets, deux ou trois pourpoints, des chausses et des surcots (2), et aussi une bonne paire de brodequins car les pavés lui chatouillaient la plante des pieds à travers ses semelles. Pour ce qui est de son équipement de chevalerie, il rapporterait le nécessaire de Lirey, car la salle d'armes du château était bien garnie.

Une fois ces menus détails domestiques résolus, il pourrait se consacrer pleinement à sa mission. Il connaissait un maître tailleur dont l'échoppe se trouvait dans la grand 'rue Saint Denis et c'est dans cette direction qu'il dirigea ses pas. Il emprunta la rue de la Grande Truanderie en serrant sa bourse par devers lui car cette rue était constamment encombrée de diseurs de bonne aventure, de tire-laines et de détrousseurs, et déboucha sur la rue Saint Denis. Se souvenant qu'il n'avait encore pris aucun repas de la journée, il acheta un beignet et un pichet d'eau à un marchand ambulant avant de continuer son chemin.

Contrairement aux échoppes avoisinantes, le tailleur n'avait pas étalé ses tissus sur la rue, ses précieuses étoffes craignant la poussière et les immondices jetées des fenêtres. L'étroite devanture ne laissait pas deviner le vaste atelier qui s'enfonçait dans les profondeurs de la longue bâtisse. Deux grands comptoirs perpendiculaires à la rue s'étalaient de chaque côté, un aide tailleur muni d'énormes ciseaux penché sur chacun. Plus loin vers le fond de la pièce des couseurs disposaient des morceaux de tissu sur des habits en cours de fabrication disposés sur des portants de bois, une multitude de rouleaux multicolores étaient appuyés le long des murs. Geoffroy s'avançait prudemment dans cet univers qui n'était pas le sien. Un petit homme rabougri et courbé, tout de noir vêtu, portant un bonnet de feutre plat vint à sa rencontre.

- Que puis-je pour votre service, Messire ?

- Il me faut des vêtements, répondit platement Geoffroy, prenant en même temps conscience de la stupidité de sa demande, vu qu'il était chez un tailleur d'habits.

- Certainement, Messire, quel genre de vêtements ?

- Je ne sais pas, toutes sortes, dit Geoffroy de plus en plus mal à l'aise. Pour me rendre chaque jour au Palais.

- le petit homme en noir s'aplatit presque jusqu'au sol.

- Monseigneur, vous me faites grand honneur de venir dans mon échoppe et sachez que vous n'aurez pas à le regretter. Il tapa deux fois dans ses mains et deux jeunes gens fort bien mis apparurent, vêtus de chausses moulantes et de pourpoints courts colorés.

- Karl et Yven, Occupez-vous de ce seigneur qui a besoin de vêtements de jour et de vêtements de cour.

Et soudain ces deux grands jeunes gens tourbillonnaient autour de lui comme un essaim d'abeilles à eux deux, lui faisant lever les bras et écarter les jambes pour prendre ses mesures, déroulant devant lui des étoffes de brocard chatoyant et des draps moelleux de laine de Flandres.

Geoffroy était de plus en plus mal à l'aise. Jamais sur un champ de bataille il n'avait eu envie de s'enfuir, mais à cette heure il aurait bien pris ses jambes à son cou.

Maître Jean, assis sur un banc devant l'un des comptoirs, notait sur une petite écritoire portative les mensurations lancées par ses assistants en pouces et en paumes, tout en tentant de faire la conversation. Il s'enquit de l'identité de Geoffroy, comprit à demi-mot qu'il n'avait plus grand-chose à se mettre dessus, n'oublia pas de comprendre que Geoffroy ne connaissait rien à son affaire et qu'il avait des moyens confortables.

Enfin les deux assistants le lâchèrent et s'en retournèrent à leur ouvrage en le remerciant. Karl avait un accent germanique prononcé, et Geoffroy imagina qu'Yven était Breton, ce prénom étant fort peu couru au royaume de France.

- Tout sera prêt dans une semaine, Monseigneur, dit Maître Jean. Je vous ferai porter les habits à votre domicile pour les essayages.

- Mais je ne vous ai pas dit de quoi j'avais besoin ?

- Ne vous inquiétez pas, mon métier c'est de savoir, de deviner vos désirs et de vous ôter le souci de choisir les tissus et les formes. Je sais ce qu'il vous faut.

- Soit, dit Geoffroy tout compte fait soulagé de n'avoir pas à se mêler de ces choses.

- Si je peux me permettre, Monseigneur, vous devriez passer chez le bottier, vos brodequins semblent fatigués, et il vous faudrait une paire de poulaines pour paraître à la cour, sans quoi vous aurez l'air provincial.

Geoffroy regarda ses pieds depuis toute sa hauteur. C'est vrai qu'ils avaient piètre mine. Il avait dû réparer plusieurs fois les lanières de cuir en faisant des nœuds.

- Vous trouverez un excellent cordonnier rue de la Sellerie, en face du marché Saint Jacques, c'est à deux pas. C'est un vrai maître de Cordoue (3), il a appris à travailler le cuir dès son plus jeune âge et bon nombre de courtisans se servent chez lui.

Geoffroy remercia et sortit. La rue de la Sellerie était en continuation de la grand' rue Saint Denis, et donnait sur le Grand Chatelet. Il trouva l'échoppe sans peine grâce à l'enseigne suspendue au-dessus de la porte qui représentait une botte. Cette fois, bien décidé à ne pas s'en laisser compter, il choisit un modèle de robustes brodequins de cuir épais. Il dut s'asseoir pour les mesures. Il avait du mal à comprendre l'accent espagnol du chausseur qui s'appelait Manolo et venait effectivement de Cordoue.

- Messire, il vous faut des poulaines pour tenir votre rang à la cour.

- C'est ce qu'on m'a dit, mais je ne fais pas grand cas de la mode, grommela Geoffroy.

- Je dois en avoir une paire que le client n'est pas venu chercher qui sont à votre taille, attendez un instant.

Geoffroy, assis en chausses sur un faudesteuil (4), ne put qu'acquiescer.

L'autre grimpa sur un escabeau et décrocha du plafond, parmi une multitude de souliers pendus, une paire de chaussures couleur de beurre longues comme des barques et tellement pointues qu'on eût pu y embrocher un canard. Geoffroy se souvint d'en avoir vu de semblables, mais n'imaginait pas ses pieds à l'intérieur de ces choses qu'il pensait réservées aux jouvenceaux. Par curiosité, il se laissa faire. Quand il se vit debout, avec sa stature râblée, ses forts mollets et les deux objets étonnants qui prolongeaient ses pieds d'une bonne longueur, il fut pris d'une soudaine envie de rire.

Mais le cordonnier ne riait pas, il était tombé dans une pamoison admirative, les mains jointes.

- Monseigneur, elles sont faites pour vous, c'est le destin qui les a mises sur votre chemin.

Cela dit, le cuir souple en était plutôt confortable bien que la semelle fût mince.

- Eh bien soit, dit Geoffroy, je les prends si vous me faites une remise sur le prix des brodequins.

Il paya six sous, une somme qui lui parut incroyablement élevée (5), mais n'ayant rien acheté depuis plus d'un an, la dévaluation aidant, il n'était plus au courant du prix des denrées. Une fois dehors ses poulaines sous le bras enveloppées d'un morceau de tissu de chanvre, il réalisa qu'il n'avait pas demandé le prix des brodequins et qu'il ne savait pas si le cordonnier lui avait bien fait une remise.

Comment allait-il sauver l'armée française de la faillite s'il était tout juste bon à se faire rouler par un cordonnier ?

Il tourna sur sa droite rue Saint Germain l'Auxerrois, puis à nouveau rue de la Bourdonnais, et commença à regarder les maisons qui lui semblaient vides. Rue des Prouvaires il trouva ce qu'il cherchait. Une modeste maison de deux étages à côté d'une auberge semblait inoccupée, les volets fermés. Geoffroy se renseigna à l'auberge, où on lui confirma que presque toute la famille était morte de la peste, et que la dernière héritière s'était retirée dans sa famille en province et serait heureuse du petit revenu que lui procurerait la location. Il demanderait à ses clercs du Palais de dépêcher un notaire pour s'occuper de cette affaire.

NOTES POUR LE CHAPITRE 6

1. Touaille : torchon ou serviette. En usage jusqu'au XVIe siècle.

2. Braies : caleçon masculin porté depuis l'époque gallo-romaine. Au Moyen Âge, c'est le vêtement le plus commun pour les hommes de toutes classes sociales. Au XIVe siècle, avec la mode du vêtement court, c'est une sorte de sous-vêtement masculin pourvu de lacets qui permettent d'y nouer les bas.

Doublet : gilet matelassé porté entre la chemise et le vêtement de dessus pour se protéger du froid.

Pourpoint : gilet court, aux manches étroites et ajusté à la taille, c'était un vêtement de dessous, porté par les soldats sous leurs armures. Il devient un vêtement d'apparat au cours du XVe siècle et relance la mode du vêtement court pour les hommes qui les portent avec des chausses très ajustées. Les manches prennent de l'ampleur et deviennent bouffantes pour accentuer la carrure des épaules.

Chausses : bas ou mis-bas plus ou moins épais. Les chausses qui couvrent la jambe s'attachent aux braies par des lacets, les plus courtes sont maintenues par des bandes molletières ou des jarretières pour les femmes. Sans semelle, elles sont portées avec des bottes, ou bien complétées par une armature légère et une semelle de liège.

Surcot : jusqu'au milieu du XIVe siècle, c'est une robe que l'on porte sur la cotte. Les hommes le portent court, sans manches et à échancrures larges, par-dessus la cotte de mailles ou l'armure qu'il protège du soleil et des frottements. Jusque vers 1350, le surcot se portait d'une longueur au genou, ensuite la mode passe aux surcots plus courts.

3. Avant le XIVe siècle, les chaussures civiles se confectionnaient en drap, en feutre, ou en étoffes plus ou moins riches. Vers le XIVe siècle, la ville de Cordoue (Espagne), libérée de la domination des Maures, put exporter en grande quantité les cuirs qu'elle préparait. De multiples tanneries se montèrent alors de toutes parts en France, et notamment aux portes de Paris, sur les bords de la Bièvre. Le cuir devint

moins rare et moins coûteux. Les cordonniers commencèrent à fabriquer des souliers.

4. Pour devenir maître cordonnier, il fallait prêter serment. La vente des chaussures était strictement réglementée. A Paris, le cordonnier ne pouvait vendre que dans sa boutique, sauf le samedi, jour où il pouvait exposer ses souliers en vente sur le Pont-au-Change.

5. Les prix des biens et des marchandises étaient fixés par ordonnance. Aussi en 1351, la chaussure en cuir valait 2 sous et 4 deniers et 20 deniers pour les femmes.

6. Faudesteuil : siège pliant

Chapitre 7

Il rentra aussi fourbu qu'après une bataille et se fit servir à dîner dans la grande salle. Puis il fit venir Ancelin et lui donna instruction de préparer pour la semaine suivante deux montures et tout le nécessaire pour deux semaines de voyage, car il l'accompagnerait à Pierre Perthuis. Ils partiraient à l'aube et il leur faudrait chevaucher presque deux jours entiers avant d'arriver en Bourgogne. Ils pourraient faire étape à Sens où ils demanderaient asile à l'abbaye de Sainte Colombe. D'ici là, il aurait eu le temps de donner assez de travail à ses clercs pour qu'ils soient occupés pour deux semaines et heureux de le voir partir. Et il aurait reçu ses nouveaux vêtements et ses souliers. Il pourrait donc se présenter à son épouse et à ses gens sous son meilleur jour.

Geoffroy comptait bien profiter de son voyage en Bourgogne pour faire un détour par Lirey. Il avait besoin de voir dans quel état se trouvait sa maison, et il voulait choisir à quel endroit il établirait l'église qu'il avait promise à la Vierge Marie.

Lirey était l'endroit idéal, le berceau de sa famille, moins menacé par l'Anglais que ses châteaux bourguignons de Pierre Perthuis et Montfort. Quand il n'était pas à chevaucher vers une mission diplomatique ou à batailler, il résidait souvent à Pierre Perthuis (1), un vaste mais vieux, sombre et inconfortable château que sa première épouse Jeanne de Toucy avait reçu en dot, raccommodé de toutes parts après avoir été assiégé maintes fois. Quant à Montfort

(2), apporté en dot par sa seconde épouse Jeanne de Vergy, c'était une énorme forteresse inhospitalière qui se dressait haut sur un éperon rocheux dominant les trois vallées du Dandarge, de la Ronce et de la Louère.

Il préférait sa maison forte de Lirey, qui lui venait de sa famille. Ceinte d'un mur en pierre de craie entouré de douves peu profondes alimentées par les eaux de la Mogne, et protégée par un pont levis, l'habitation n'était ni aussi solide, ni aussi majestueuse que ses autres possessions, mais il s'y sentait vraiment chez lui au milieu de la campagne, des animaux et des travaux des champs. Il y avait des souvenirs, des amis d'enfance, et à chaque fois qu'il rentrait, il était saisi par la sérénité qui émanait de ces reliefs quasi inexistants de Champagne méridionale. Dès qu'on arrivait en haut du moindre coteau, la vue s'étendait jusqu'à des distances incroyables sans aucun obstacle. On pouvait voir les moulins et les églises de tous les villages environnants, et la cathédrale de Troyes à des lieues. Nulle part ailleurs autre que sur la mer il n'avait éprouvé cette sensation d'immensité.

Pour l'heure il devait penser à sa mission. Le lendemain matin il fouilla dans les coffres et placards à la recherche de vêtements propres, trouva quelques chemises et un vieux pourpoint qui sentait le renfermé, le secoua pour faire tomber les crottes de souris, emprunta des chausses à Ancelin et s'en fut au palais. Ses clercs étaient déjà à l'ouvrage depuis un bon moment, des livres et des piles de papiers s'entassaient sur son bureau.

- Qu'est-ce donc tout cela ? S'enquit Geoffroy.

- Ce sont les comptes des armées, Messire, répondit Arnaud Leboeuf, qu'on appelait Contrehastier. Il avait en effet l'air frileux, malgré le beau temps de ce début mai il portait un col de fourrure et des manches longues jusqu'aux doigts.

- Bien, bien, répondit Geoffroy, je vais regarder tous ces registres.

Il s'installa à sa table et commença à étudier les manuscrits couverts de colonnes de chiffres. Certains états dataient de l'ancien roi et même d'avant le désastre de Crécy. La plupart des soldats qui figuraient sur cette liste étaient morts depuis plusieurs années, et les capitaines continuaient à réclamer l'argent de leur solde. Il n'alla pas plus loin. Pas étonnant que l'armée coûte une fortune au royaume... Il héla Contrehastier, et celui-ci rappliqua, comme mu par un ressort. Il devait avoir l'oreille ventousée à la porte.

- Il me faut un état précis des armées d'ici trois semaines. Je vais rédiger dans la journée une méthode d'enquête que vous recopierez autant de fois qu'il sera nécessaire et qui sera diligentée aux sénéchaux. Ils auront trois jours pour donner réponse, et les résultats vous seront retournés par le même chemin. A votre tour vous aurez deux semaines pour collectionner tous les chiffres et me faire un état par ost des gens d'armes, des sénéchaux et chevaliers, des chevaux et du matériel, armes, tentes, chariots, chaudrons, tout jusqu'aux balais.

D'ici là, faites-moi un état des dépenses de l'année.

Ainsi il aurait une vision claire de la situation de l'armée au même moment dans tout le royaume.

- Bien Messire. Contrehastier se retira à reculons en se répandant en courbettes.

- Et relevez-vous, à moins que votre dos ne soit naturellement courbé ou votre tête trop lourde. J'ai besoin de clercs à l'esprit éveillé, pas de courtisans. Et si vous avez à dire sur le fond ou la façon, ou des idées sur les choses nécessaires à faire, exprimez-les.

Contrehastier, qui venait de se cogner le derrière contre la porte fermée se redressa et ne put réprimer un sourire.

- Bien, messire, nous y veillerons.

- Je vous laisse organiser votre travail comme vous l'entendez avec les autres clercs. En échange, j'exige votre fidélité, et aussi que vous me rapportiez tout propos qui pourrait m'être d'un quelconque intérêt.

- Certainement, Messire. Je peux déjà vous dire que le roi a établi une ordonnance fin avril ordonnant l'augmentation des soldes en échange de revues d'état des troupes.

- Voyez vous-même comme c'est efficace : vous me fournissez des inventaires vieux de cinq ans. De plus, avec les nombreuses dévaluations de ces dernières années, le montant des soldes, même augmentées, est loin d'atteindre celui d'avant Crécy. Nos soldats sont presque tous nécessiteux. Les chevaliers n'ont même plus de quoi payer leurs écuyers. Ils doivent puiser dans leur cassette personnelle et entamer les revenus de leurs châtellenies. Comme les terres ne rapportent presque plus rien aux châtelains car le tiers des paysans sont morts de la peste, et sans bras pour cultiver, point de récoltes, des familles entières s'en trouvent au bord de la misère.

Geoffroy en savait quelque chose, pour être lui-même un chevalier et un châtelain.

La semaine prochaine je partirai pour quinze jours dans mes châtellenies Bourguignonnes et je passerai par Lirey. Si vous avez quelque chose à faire porter à votre famille, faites le moi savoir.

- Merci, Messire.

Contrehastier esquissa une révérence puis se ravisa. Il se redressa, fit demi-tour, sortit vers son étude et referma la porte derrière lui.

Geoffroy se rassit en soupirant. Il ne pouvait pas faire grand-chose avant d'avoir étudié les documents qu'il avait demandés, mais il pouvait réfléchir à la façon de retenir les soldats qui seraient tentés de passer à l'ennemi. Dans les rangs des batailles, on parlait beaucoup de l'ordre de la Jarretière, établi par le roi Edouard III en 1348. Il faudrait que le royaume de France puisse lui aussi offrir une distinction suprême qui serait reconnue dans toute l'Europe et distinguerait l'élite de l'armée, assortie d'une récompense sonnante et trébuchante, voire de terres à l'instar de l'ordre de la Jarretière. Et faire prêter serment aux bénéficiaires pour s'assurer qu'ils ne désertent point ou ne passent pas à l'ennemi une fois fortune faite... Il allait soumettre cette idée au roi Jean.

Content d'avoir déjà si bien travaillé en si peu de temps, il quitta son cabinet en laissant ses clercs penchés sur les registres et se rendit dans la grand'salle où le roi était en audience. Il l'informa qu'il avait commencé son travail et qu'il devrait se rendre en ses terres pour organiser le retour de sa famille puisqu'il devait dorénavant vivre à Paris. Le roi, qui avait écouté d'une oreille distraite, acquiesça. Il passa ensuite chez le grand argentier, qui lui remit une cassette.

Le reste de la semaine passa très vite, il quittait le palais de bonne heure, rentrait chez lui pour prendre son cheval préparé par Ancelin, et partait le faire galoper une bonne heure pour le remettre en jambes. Il s'arrêtait sous les frondaisons, faisait quelques pas pendant que le cheval broutait un peu, puis s'en retournait chez lui, travaillait dans son étude, réfléchissait à un nouveau livre qu'il pourrait écrire sur l'organisation de l'armée, dînait frugalement et se couchait tôt. Il rechercherait ses amis plus tard lorsqu'il serait vraiment installé.

Mai se terminait. Des marchands ambulants de fleurs et d'herbes odorantes sillonnaient les rues. Geoffroy avait lancé sa grande enquête. La chaleur augmentait, mais les travaux pour ajouter un étage à la galerie mercière faisaient tant de poussière et de bruit qu'on ne pouvait garder les fenêtres ouvertes.

Les clercs avaient multiplié les copies et les avaient envoyées aux commandements qui les avaient fait dupliquer à leur tour, et dans toutes les casernes on devait être en train de faire des inventaires fastidieux. Ce que les capitaines ne savaient pas, en gonflant l'état de leurs effectifs pour obtenir plus de subventions, c'est que Geoffroy avait nommé des contrôleurs. Les premiers contrevenants seraient si sévèrement sanctionnés que cela passerait l'envie aux autres d'être malhonnêtes.

La veille de son départ, il se rendit chez le roi pour lui rappeler qu'il serait absent et le tenir informé de l'avancée de sa mission. Le roi était en son logis avec la reine, assis autour d'une grande table de bois sculpté, ils regardaient des dessins que leur présentait un homme barbu portant un long surcot. Deux petits enfants assis sur un tapis jouaient avec les dames d'atours (3).

- Voici justement mon conseiller, s'amusa le roi, venez donc me donner un conseil, Charny.

Geoffroy s'approcha. Quatre feuillets comportant chacun une scène différente étaient posés sur la table.

- Lequel préférez-vous, Geoffroy ?

- Sire, je n'entends rien à ces choses, je suis conseiller militaire !

- La Reine veut changer les tapisseries de notre logis, elle les trouve vieillies et il semble que des ateliers de notre bonne ville d'Arras sortent de nos jours des merveilles (4).

La reine, Jeanne d'Auvergne, était une fine et blonde jeune beauté de vingt-cinq ans. Délaissée par le roi, elle s'occupait en finissant de vider les caisses du royaume en décoration et colifichets. On ne pouvait guère le lui reprocher, elle suivait l'exemple de son illustre époux.

- Sire, je suis venu vous dire que je pars demain en Bourgogne pour faire le tour de mes domaines et rapporter quelque mobilier et équipement nécessaire à mon installation à Paris. Je vais aussi choisir l'emplacement de l'édification de l'église et de la collégiale que j'ai promises à la Vierge.

- Que nenni, mon bon. Demain vous partez à Saint Omer avec un escadron. Mes espions m'ont rapporté que le gouverneur Anglais de Calais, John de Beauchamp, avait rassemblé plusieurs centaines d'archers et la menace est grande. Beaujeu qui est sur place manque d'hommes, il nous faut contenir les Anglais à Calais et ne pas les laisser rentrer plus avant à l'intérieur du royaume.

- Sire, je n'ai pas encore eu le temps de rassembler mes troupes et je ne m'y suis pas pressé puisque vous m'avez demandé de rester à Paris pour être votre conseiller. Je suis rentré de captivité il y a peu et je n'ai retrouvé que mon brave cheval et mon premier écuyer, c'est un peu court pour combattre des centaines d'archers anglais.

- Eh bien vous passerez à la salle d'armes, vous choisirez cinq écuyers et vous vous ferez donner un escadron. Vous prendrez tout ce qu'il vous sera nécessaire au palais. Je vous veux en chemin dès demain.

Un clair matin du dernier jour de mai le vit galoper sur les routes, talonné par Ancelin, et suivi d'une nombreuse compagnie de cavaliers levant un gros nuage de poussière à leur suite.

NOTES POUR LE CHAPITRE 7

1. En 1336, le fief de Pierre-Perthuis (Yonne) échoit à Geoffroy de Charny par Jeanne de Toucy qui l'apporte en dot, puis en 1352 à Guy de la Trémoïlle.

Le château, reconstruit au XIIe siècle, fait régulièrement l'objet de sièges. En 1360, les troupes d'Édouard III, roi d'Angleterre, s'emparent du château, en sont chassés par les Vézeliens, puis le Duc de Bourgogne en fait l'acquisition.

2. Château de Montfort : actuellement situé sur la commune de Montigny-Montfort (Côte d'Or), construit sur un éperon rocheux de 317 m à 4 km de Montbard.

Au XIe siècle (vers 1075) un premier château aurait été édifié par Bernard de Montfort, un proche des ducs de Bourgogne.

Vers 1289, le château est reconstruit par Géraud de Maulmont, chanoine et archidiacre de Limoges, conseiller du roi de France Philippe IV le Bel avec une haute muraille défensive et trois tours.

Par mariages et successions, le château revient en dot à Jeanne de Vergy qui épouse en 1340 Geoffroy Ier de Charny.

3. Les enfants du premier mariage de Jeanne d'Auvergne (ou Jeanne de Boulogne) : Jeanne de Bourgogne, qui devait avoir 7 ans en 1351, et Philippe de Rouvres, 5 ans.

4. À partir du milieu du XIVe siècle on constate un rapide développement de la tapisserie (les tapisseries sont accrochées aux murs tandis que les tapis sont destinés aux sols).

Cet art nouveau s'est si bien développé à Arras dans la deuxième moitié du XIVe siècle, qu'en Italien ou en Anglais, une tapisserie se dit arrazzo ou arras.

Les tapisseries d'Arras étaient réputées pour leur grande finesse et leur richesse, souvent tissées d'or et d'argent.

Chapitre 8

Deux jours plus tard, vers la fin de l'après-midi, exténués et sales, ils étaient en vue des fortifications de Saint Omer. Ils ralentirent le pas et passèrent devant quelques curieux qui avaient reconnu les soldats du royaume de France, grimpèrent la motte castrale et s'arrêtèrent sur l'esplanade devant le pont levis du gros château de Saint Omer construit trois siècles plus tôt. C'est là que résidait Geoffroy lorsque sa fonction de gouverneur le réclamait sur place sous l'ancien roi, avant qu'il soit fait prisonnier au siège de Calais. L'endroit était fort peu accueillant, froid et plein de courants d'air.

Il franchit le pont levis entre les deux tournelles et se rendit au donjon. Il comptait y retrouver le maréchal Edouard de Beaujeu, commandant de la place, mais ce dernier était déjà parti avec une centaine d'hommes en direction de Calais pour s'établir à la périphérie de la zone anglaise et pouvoir intervenir rapidement en cas d'attaque.

Geoffroy prit ses quartiers avec ses écuyers, envoya le capitaine et les lieutenants loger à l'ancienne maison templière au bas de la motte (1), tandis que le reste de la troupe établissait un campement devant le château, commençait à monter les tentes et à préparer les feux. Geoffroy donna des ordres pour qu'un enclos soit installé pour les chevaux, qu'ils aient de quoi boire et de quoi manger, envoya quérir le maitre queux des lieux pour lui commander de quoi nourrir ses hommes afin qu'ils ne soient pas tentés d'aller voler des poules dans les environs, et qu'on leur distribue de la bière, mais modérément. Puis demanda qu'on lui prépare un bain au chauffoir (2). Ce vieux château n'était pas équipé d'une étuve, mais les années précédentes il avait fait aménager un coin du chauffoir avec des draps tendus sur des poutres.

Le lendemain, il dépêcha un courrier chargé de localiser les troupes de Beaujeu et de l'informer qu'il était prêt à venir en renfort. Le coursier revint au triple galop. Les Anglais, qui avaient repéré les troupes françaises et ne voulaient pas risquer un périlleux affrontement, avaient lancé un raid sur les villages de Bouquehault et alentours, brûlaient et pillaient tout sur leur passage après avoir dûment passé les habitants par le fil de l'épée. Les troupes de Beaujeu les avaient pris en chasse mais ne pouvaient que constater les dégâts à leur suite.

Geoffroy rassembla ses hommes et partit sur le champ à bride abattue vers la forêt de Guînes distante de huit lieues. En arrivant, ils découvrirent que les Anglais avaient déjà fait beaucoup de dégâts, mais que Beaujeu les avait contournés et se trouvait maintenant en dangereuse posture entre Calais et les troupes Anglaises. Leur forfait commis, ceux-ci s'enfuyaient à nouveau vers leur garnison à Calais, mais se heurtèrent aux archers de Beaujeu qui avaient tous mis pied à terre.

Geoffroy les prit donc à revers et ils se trouvèrent encerclés. John de Beauchamp avait lui aussi mis pied à terre et une cohue s'ensuivit où on n'entendait plus que les cris des soldats, le fracas des épées contre les armures, des masses d'armes contre les crânes et les hennissements de douleur des chevaux blessés. Le soir tombait, on n'y voyait plus guère qu'un amas de chairs hurlantes et de métal. Geoffroy donnait de l'épée de toutes part, les Anglais commençaient à être désorientés, de quelque côté qu'ils se tournassent, des épées françaises leur barraient le chemin. Les morts s'amoncelaient. Geoffroy s'aperçut qu'un corps à corps avait commencé entre Beaujeu et Beauchamp, puis tout en continuant à batailler de son côté il vit Beaujeu tomber. Il se tourna alors brutalement au risque de perdre sa garde et estourbit proprement John de Beauchamp, baron de Warwick. Le temps que celui-ci reprenne ses esprits, il avait la pointe de l'épée de Geoffroy sur l'ouverture de son heaume, pendant qu'Ancelin de son côté avait envoyé ad patres l'adversaire de Geoffroy. Les Anglais valides n'étaient plus qu'une poignée, le reste se rendit. Le bataillon anglais était décimé. Les pertes françaises étaient minimes mais Beaujeu avait perdu la vie.

Ils ramassèrent les blessés transportables, achevèrent les autres, attachèrent pour les emmener tous les chevaux anglais qu'ils purent trouver après avoir chargé dessus le maigre butin que les Anglais avait récupéré, qui se composait surtout de nourriture, car il n'y avait plus rien d'autre à voler, puis repartirent avec le corps du maréchal de Beaujeu vers Saint Omer à la lumière de la lune, qui heureusement brillait généreusement cette nuit-là.

Le chemin du retour fut plus long, les blessés gémissaient, on n'avait rien à boire et rien à manger, les valides commençaient à râler. Geoffroy dut promettre double ration de cervoise à l'arrivée pour calmer les esprits.

Une fois rentré au château de Saint Omer, il laissa son cheval à Ancelin. L'animal semblait souffrir d'une patte arrière. Puis il revint au campement des soldats partager un quignon de pain et un morceau de lard avant d'aller se coucher. Il était épuisé. Il sentait le poids de l'âge, et après une vie de chevauchées et de bivouacs, de négociations de paix qui pour finir ne servaient pas à grand-chose, il en avait ras le heaume. Il avait vu mourir la plupart de ses compagnons d'armes, ce fichu nouveau roi sautait à pieds joints sur la moindre occasion de prendre de mauvaises décisions pour le royaume et finissait d'essorer le trésor royal pendant que le peuple mourait de faim.

Il n'aspirait qu'à se poser à Lirey pour prier, écrire, étudier, et construire enfin son église collégiale dans le calme et le recueillement, voir grandir ses enfants, participer encore peut être à quelques tournois avant de voir son œuvre accomplie enfin. Cette collégiale serait l'œuvre de sa vie. Elle devrait être magnifique et attirer des pèlerins pour financer son entretien et assurer le quotidien des moines. Il y voyait déjà des retables, un autel de marbre italien, des chandeliers d'argent, de saintes images, et tandis que les ciboires décorés de perles et de grenats et les reliquaires incrustés de pierreries voletaient dans son esprit, il sombra dans un profond sommeil.

NOTES POUR LE CHAPITRE 8

1. Motte castrale de Saint Omer (motte castrale : château défensif construit sur un monticule). A l'origine c'était un château en bois puis un donjon en pierre entouré d'un mur de protection. A partir du 13e siècle, ce type de château est dépassé. Il reste la résidence du châtelain local.

2. Les très anciens châteaux comme celui de Saint Omer avaient très peu de cheminées et elles n'étaient pas performantes. Chaque château ou abbaye possédait une pièce chauffée, ou chauffoir où les habitants se regroupaient en hiver, et où on faisait sécher le linge ou les herbes.

3. Bataille d'Ardres : le 6 juin 1351 les Anglais, commandés par John de Beauchamp mènent un raid près d'Ardres (entre Calais et Saint Omer) avec 300 fantassins et 300 archers. Les Français, menés par le seigneur de Beaujeu, les découvrent alors que les Anglais se retirent. Lors du combat, Beaujeu est tué mais l'arrivée de renforts de la garnison de Saint-Omer fait basculer l'issue de la bataille en faveur des Français. A la fin des combats, les pertes françaises sont légères alors que tous les Anglais ont été tués ou capturés.

Chapitre 9

Geoffroy resta deux semaines à Saint Omer, occupé à remettre de l'ordre dans l'administration de la région qui avait bien souffert de son absence. Il supervisa lui-même l'inventaire de la garnison locale, et s'aperçut que ce n'était pas une mince affaire, car tel jour il avait comptabilisé quarante-deux chevaux dans une écurie, et le lendemain ils étaient mélangés dans l'enclos avec d'autres qui n'étaient pas comptés… il faudrait penser à marquer les chevaux.

Son cheval allait mieux, les soldats blessés étaient plus ou moins rétablis, la troupe campée devant le château était désœuvrée et il choisit de la renvoyer à Paris. C'étaient pour la plupart des mercenaires et il ne fallait pas les payer pour rien. Il apprit que son épouse et ses enfants étaient eux aussi rentrés à Paris, fort déconfits de ne pas l'y trouver. Le nécessaire avait été fait par son notaire pour loger ses gens dans la maison louée rue des Prouvaires, et ses clercs du palais avaient reçu les questionnaires mais attrapaient des maux de tête en essayant de les déchiffrer. Geoffroy avait surestimé le niveau d'éducation des capitaines.

Les espions envoyés autour de Calais ne remarquaient rien de notable. Les Anglais se tenaient tranquilles depuis leur piteux revers d'Ardres.

Alors que l'escadron était sur le départ, le roi le rappela à Paris en urgence. Les négociations qui avaient commencé en avril avec Louis de Male, le comte de Flandre, pour rallier celui-ci à la couronne, étaient dans une impasse et

Geoffroy était appelé en renfort. Le comte de Flandre louvoyait cyniquement depuis le début de la guerre entre le camp des Français et celui des Anglais, il avait signé trois ans plus tôt un traité secret (1) par lequel il s'engageait à ne jamais porter les armes contre le roi d'Angleterre. Mais pour échapper à mariage anglais qu'on voulait lui imposer, il s'était réfugié en France et dépêché de se marier avec la fille d'un allié du roi de France.

Le comte de Flandre menait grand train, dépensait des sommes irraisonnables en fêtes et en divertissements, entretenait un zoo, des bateleurs et des maîtresses. Bref, il était toujours à court d'argent et il tentait maintenant de faire acheter sa loyauté par le roi de France. Il demandait toujours plus et promettait toujours moins. Pour l'heure, il était à Bruges, et Jean de Boulogne et Robert de Lorris, négociateurs pour le compte du roi de France n'arrivaient à rien.

Geoffroy prit donc la tête de l'escadron pour rentrer à Paris, et le voyage fut rapide, tant ils avaient tous hâte de quitter cet endroit inaccueillant et de retrouver un peu de confort parisien. Geoffroy arriva chez lui avec Ancelin à la nuit tombée du deuxième jour. Les rues commençaient à se vider et les commerçants rentraient leurs étals pour la nuit. Le passage d'un chevalier sur son destrier suivi d'un écuyer ne passa pas inaperçu, les sabots des chevaux faisant grand bruit dans la ruelle derrière la maison, où donnait le portail de la cour. Ils mirent enfin pied à terre une fois les portes refermées et furent bientôt entourés de tous les serviteurs accourus. Le palefrenier emmena les chevaux en nage, Ancelin rejoignit ses quartiers, une masure indépendante à côté de l'écurie, et Geoffroy commençait à s'épousseter lorsque deux enfants se jetèrent sur lui.

- Père, père, revenez-vous de la guerre ? demanda Geoffroy. Avez-vous bouté les Anglais hors de France ?

Il se baissa à la hauteur du petit garçon puis le souleva dans ses bras. Il reconnaissait dans ce petit bout d'homme sa propre stature râblée et sa tignasse hirsute, mais ce n'était plus le bambin qu'il avait laissé dix-huit mois plus tôt. La petite fille attendait sagement, son bonnet blanc immaculé noué sous le menton, contemplant ce héros dont elle ne se souvenait plus, et qui était son père.

Il la souleva dans son autre bras, et s'aperçut que Jeanne était apparue à la porte de la cuisine. Il posa les enfants et s'approcha pour la prendre dans ses bras.

- Vous ne sentez point la rose, mon époux, dit-elle en lui rendant son baiser.

- qu'à cela ne tienne, ma mie, allons donc nous tremper de concert dans une eau parfumée !

- Demain si vous le voulez bien, Messire, ce soir je dois coucher les enfants et m'occuper de vous faire donner à souper.

Une ripaille fut improvisée avec ce qu'on put trouver dans l'arrière cuisine pendant que Geoffroy se défaisait de son attirail et allait se rafraîchir dans la chambre conjugale, un tonneau de vin fut remonté de la cave, et tout le monde ce soir-là fit bonne chère et bonne figure.

Le repas terminé, les époux se retirèrent dans leur chambre et tirèrent les courtines. Un peu plus tard, Geoffroy repoussa la courtepointe tant il avait chaud, et ils discutèrent des affaires de la maison de Charny. Pendant la captivité de Geoffroy, Jeanne s'était partagée entre Pierre Perthuis et Lirey. Elle se sentait un peu plus en sécurité à Pierre Perthuis, entouré d'une double enceinte, mais bien qu'elle en fût la châtelaine par son mariage avec Geoffroy, on ne manquait pas de lui faire sentir qu'elle n'était pas chez elle puisque ce château était le douaire de la première épouse de Geoffroy et que plusieurs membres de sa famille y résidaient encore.

Au contraire, à Lirey, elle se sentait moins protégée mais mieux accueillie, bien que sa puissante famille ait jugé l'endroit indigne de son rang. Elle y était plus libre de ses mouvements, elle pouvait broder ou se promener dans les villages environnants, laisser ses enfants jouer dans la campagne, elle allait parfois jusqu'à Troyes en période de foires pour acheter des tissus ou des épices.

La peste avait tué de nombreux serfs et vilains qui cultivaient la terre, et comme partout, les récoltes n'avaient rien donné dans les champs laissés à l'abandon. Les fermiers avaient été incapables de payer leur fermage et Jeanne n'avait pas eu le cœur de le leur réclamer. Aucune famille n'avait été épargnée par la peste, et beaucoup avaient également perdu qui un fils, qui un père à la guerre. A Lirey on avait vécu sur les réserves, on avait chassé, pêché, et les arbres fruitiers avaient un peu donné. Depuis la captivité de Geoffroy, Jeanne n'avait pas reçu la pension de porte oriflamme du roi Philippe et de gouverneur de Saint Omer qui aurait dû lui être versée, puisqu'il n'était plus en mesure d'en assurer les services, et elle n'avait pas payé ses gens depuis deux mois. Arnaud, qui s'occupait des comptes, était mort de la peste l'année précédente.

Puis récemment, la rumeur avait couru que quelques nouveaux cas de peste avaient été signalés à Troyes, et elle était retournée se mettre à l'abri à Pierre Perthuis avec ses enfants.

- Les choses vont s'arranger, dit Geoffroy. J'ai retrouvé ma charge de gouverneur de Saint Omer et le roi m'a nommé à son conseil secret avec une belle pension. Je vais demander à mon notaire de me recommander un nouvel intendant. Je dois repartir d'ici quelques jours, mais avant cela je vais veiller à ce que vous ne manquiez de rien pendant mon absence. Et je vais convoquer le maître tailleur à qui j'ai commandé des vêtements pour te faire faire de nouveaux atours si tu dois paraître à la cour.

- Justement, dit Jeanne, deux couseurs sont venus la semaine dernière apporter des habits que tu avais commandés, et ils étaient déçus que tu ne sois pas là pour les essayer.

- C'est fort à propos, dit Geoffroy, je les mettrai demain pour me rendre au Palais.

Geoffroy rabattit sur eux le drap de lin gansé de broderies et la courtepointe, ils firent leurs prières puis restèrent étendus un moment dans le silence. Dormir dans une maison où sa famille et tout son monde étaient réunis procurait à Geoffroy une sensation de plénitude unique. Qu'y avait-il de plus important ? Mais pour conserver cette quiétude, il fallait vaincre les Anglais et refaire de la France le plus important royaume d'Europe qu'elle était au début du siècle. Et il était de ceux dont c'était la mission.

Le lendemain, il tira du long coffre adossé au pied du lit le gros paquet qui contenait ses nouveaux vêtements. Il enfila avec plaisir une chemise neuve qui lui seyait parfaitement, des braies de lin, il attacha ses chausses, mais les choses se gâtèrent lorsqu'il enfila son pourpoint. Il était certes bien ajusté, coupé dans un magnifique tissu couleur de feu rebrodé d'arabesques venu sans aucun doute d'orient, et le buste en était avantageusement rembourré, mais il couvrait à peine son séant (2), comme les gambisons qu'il portait sous son armure. Il fouilla dans le paquet de tissu, il avait sans doute oublié de mettre une pièce de vêtement. Il ne trouva rien qui ressemblait à un haut de chausses qui aurait pu masquer sa dignité. Il arpentait la chambre en chausses, les mains sur les hanches, en se demandant qu'elle démarche il pourrait adopter pour ne pas se sentir tout nu. Il revint au lit où il avait laissé le paquet de vêtement, et constata, perplexe, que les deux autres pourpoints, l'un de laine et l'un de soie, n'étaient pas plus longs. Il enfila ses poulaines neuves pour voir l'effet de l'ensemble et il regardait ses pieds, toujours les mains sur les hanches, lorsque Jeanne, qui venait d'aller voir les enfants, rentra dans la pièce. En le voyant, elle mit sa main devant sa bouche pour retenir un éclat de rire.

- Messire, où allez-vous en si bel équipage ? N'avez-vous point oublié à moitié de vous vêtir ?

- Que nenni, ma mie, je crois plutôt que ce scélérat de maître tailleur s'est joué de moi. Je m'en vais aller lui dire deux mots.

- Et c'est à lui que vous voulez demander de me tailler des habits ?

- Plus maintenant.

Elle n'insista pas, Geoffroy avait sa tête des mauvais jours. Il retira le pourpoint en s'énervant sur les boutons, enfila un surcot qui lui descendait décemment presque jusqu'aux genoux, qu'il maintint autour de sa taille avec une lourde ceinture badelaire de cuir décorée de plaques d'émail, chaussa de vieilles bottes en cuir de veau, enfonça de travers un chaperon sur sa tête, et, faisant une boule des trois pourpoints fautifs, il la plaça sous son bras et descendit à l'écurie.

Son cheval était prêt. Les premiers jours de sa liberté, il avait aimé se promener à pied dans les rues de Paris comme un vilain ordinaire. Mais sa nouvelle charge ne lui laissait plus le temps de traîner, et il ne devait plus se comporter comme un bourgeois. Colin le suivit, monté sur la mule avec le paquet de vêtements.

Ils s'arrêtèrent devant l'échoppe du tailleur et Colin garda le cheval pendant qu'il allait régler le différend. Le boutiquier, le reconnaissant, s'inclina devant lui.

- Messire, bienvenue dans mon modeste atelier, êtes-vous venu commander de nouveaux vêtements ?

Geoffroy jeta les trois pourpoints en un tas informe sur le comptoir.

- Qu'est ceci, malandrin, tu m'as fait payer trois pourpoints entiers et tu ne m'as livré que des moitiés de pourpoint ? Ils s'arrêtent sous la taille, suis-je supposé me promener le derrière au vent ?

- Le tailleur écarquillait les yeux, le regard rempli d'effroi et d'incompréhension.

- mais Messire, c'est la façon actuelle, vous n'avez pas pu ne pas remarquer que les gens de cour en portent de pareils ? Vous ne pouvez pas paraître au palais avec une mise aussi ordinaire, dit-il en montrant le surcot fatigué de Geof-froy.

A ce moment, Karl et Yven, attirés par les éclats de voix, arrivèrent du fond de l'échoppe, et pour la première fois, Geoffroy remarqua qu'eux aussi avaient l'air quasi nus de la taille aux orteils, leurs chausses moulantes faisant ressortir leur juvénile derrière pommelé et leurs longues jambes minces terminées par de fines poulaines. Il resta un court instant à réfléchir. Certes, la mise de ces deux jouvenceaux leur faisait une élégante silhouette, mais sur un chevalier un peu courtaud aux abords de la vieillesse, aux fortes cuisses et au large torse, plus coutumier des champs de bataille et des bivouacs que des couloirs du palais, c'était par trop insolite. Sans compter qu'avec des poulaines aux pieds il semblait aussi large et long que haut.

- Messire, ajouta Karl, toute la cour vous envierait ces merveilleux pourpoints, ils sont dans la tendance actuelle et bien des courtisans n'en ont point encore de semblables.

- Je ne vais pas à la cour pour y faire des ronds de jambe, j'ai besoin avant tout de vêtements seyants. J'ai essayé l'un de ces habits. Ils sont certes de belle facture mais ils sont tellement ajustés que je ne peux m'asseoir sans arrêter de respirer. Changez les- moi contre de belles cottes.

Le tailleur se fit patelin (3), haussa les épaules en se frottant les mains d'un air gêné.

- C'est que, Messire, ces pourpoints ont été faits pour vous et n'iraient à aucun autre seigneur, je ne peux pas les revendre, et les quelques tissus qu'il me reste viennent de Flandre ou d'Italie et ils sont chers.

- Je t'ai commandé des habits, vieil homme, je les ai payés et je ne peux pas m'habiller avec ce que tu m'as livré. Or donc, tu vas céans me tailler des vêtements qui ne donneront pas l'allure du fou du roi, ou bien les seigneurs de la cour passeront dorénavant devant ton échoppe sans s'arrêter.

Le tailleur, ne sachant si c'était du lard ou du cochon et si la menace était sérieuse, finit par obtempérer et promit dès le lendemain de lui faire porter des cottes et des surcots qu'il pourrait porter sans peur du ridicule.

- Ha ! Dit Geoffroy en claquant la porte.

Il remonta sur son cheval, renvoya Colin à la maison et poursuivit son chemin en direction du Grand Châtelet pour traverser la Seine par le Pont-aux-Changeurs.

NOTES POUR LE CHAPITRE 9

1. Traité de Dunkerque signé le 25 novembre 1348.

Le roi d'Angleterre s'engageait à fonder dans l'ile de Cadzant un couvent de Chartreux et en Flandre un hôpital, en échange de quoi le comte de Flandre s'engageait à ne pas combattre les Anglais dans la guerre qui opposait la France et l'Angleterre, et à donner l'amnistie aux villes d'Ypres, de Gand et de Bruges qui s'étaient rebellées.

2. Le pourpoint

C'était à l'origine une sorte de gilet matelassé ordinaire porté sous l'armure, appelé gambison, pour protéger le corps du métal – donc une sorte de sous-vêtement – puis devint un vêtement à part entière, qui descendait jusqu'aux cuisses.

Le milieu du XIVe siècle marque une sorte de révolution dans les vêtements avec l'apparition de la notion de 'mode' telle que nous la connaissons aujourd'hui. Grâce à l'évolution des techniques de couture, les vêtements drapés et les coutures droites des siècles précédents sont remplacés par des coutures courbes qui permettent de faire des vêtements moulants.

Peu après 1340, la coupe presque unisexe du costume laisse place à une nouvelle, qui individualise davantage le corps. La silhouette est désormais élancée et composée de courbes mises en valeur, et la longueur du pourpoint masculin raccourcit considérablement. Les chausses séparées montant jusqu'en haut des cuisses ont posé un certain nombre de problèmes de pudeur dont le ridicule nous a été transmis par les chroniqueurs de l'époque. C'est ce qu'évoque ce passage. Par la suite, les chausses ont été cousues ensemble pour ne former qu'un seul vêtement, une sorte de collant, les chausses à plain fond.

3. Patelin : de l'ancien Français. Qui affecte une douceur et une amabilité trompeuse pour attirer la bienveillance et cacher ses véritables intentions.

Chapitre 10

Dès l'aube, il chevauchait à nouveau en direction du nord avec Ancelin. Le roi lui avait donné crédit pour la négociation. Il retrouva Jean de Boulogne et Robert de Lorris, tapa du poing sur la table en disant que trois mois de palabres étaient suffisants, que Louis de Male se jouait d'eux. Ce que ce dernier avait oublié, c'est qu'Edouard III avait émis plusieurs lettres de protection en faveur des drapiers flamands pour qu'ils puissent s'installer en Angleterre et y poursuivre leur activité artisanale, que certains avaient déjà quitté le pays et que d'autres suivraient, la richesse que la Flandre devait à ses drapiers risquait donc de tourner court si Louis continuait à tergiverser. Le roi de France pouvait même projeter d'envahir la région ainsi affaiblie.

Louis de Male ne résista pas longtemps à cet argument. Deux jours plus tard, Geoffroy était de retour, et fit préparer à Fontainebleau une rencontre avec le roi de France pour signer un nouveau traité (1) qui fut signé le 24 juillet, après une messe dans l'église de la vierge et de Saint Saturnin du château de Fontainebleau.

Le roi profita de cette visite pour visiter cette vieille forteresse et imaginait déjà des travaux ruineux pour l'agrandir. Geoffroy leva les yeux au ciel en se souvenant que l'argent que le roi lui avait promis pour sa rançon n'avait pas encore été versé et laissa sous-entendre qu'il serait peut être contraint à se constituer prisonnier à nouveau pour sauver son honneur. Le roi semblait avoir oublié ce détail et lui assura que ce serait bientôt fait.

En effet, à la fin du mois de juillet, le roi envoya à Calais un émissaire dûment escorté d'un escadron qui emportait une cassette contenant douze mille écus d'or.

Jusqu'au milieu de l'été, Geoffroy travailla à sa mission de réforme de l'armée au palais. Ce n'était pas une mince affaire. Les vassaux étaient tenus de servir quarante jours par an d'ost avant d'être dédommagés en argent et devaient fidélité à leur suzerain, mais la plupart des soldats, archers ou fantassins étaient des mercenaires qui pouvaient servir qui bon leur semblait pourvu qu'on les payât. Il suffisait donc que le camp ennemi leur propose une meilleure solde pour qu'ils se retrouvent à combattre leurs frères d'armes d'hier. De plus, ces mercenaires n'obéissaient pas tous aux mêmes règles. On ne pouvait pas gagner de cette façon une guerre de l'ampleur de celle-ci dans une telle confusion.

L'inventaire de l'armée montrait que malgré des dépenses inconsidérées, elle était équipée de bric et de broc : on avait fait porter des arbalètes à un bataillon d'archers qui ne savaient pas les utiliser, on avait nourri tel autre avec des denrées avariées qui les avaient tous laissés accroupis dans les fossés alors qu'ils auraient dû être en train de brandir leurs épées. Parfois Geoffroy s'affaissait dans sa chaire, écrasé d'impuissance. Il se mit en devoir d'écrire un règlement pour l'armée, mais il devait considérer tous les cas de figure pouvant advenir, et beaucoup de questions restaient en suspens. Dans telle ou telle circonstance, que convenait-il de faire ? Le soir chez lui après le souper, il retournait dans son étude et travaillait à un troisième ouvrage regroupant toutes les questions qu'il aurait à poser au conseil des sages chevaliers, en utilisant toutes ses réflexions de la journée pour les appliquer à la joute, aux tournois, et à la guerre (2). Il avait déjà expliqué toute la grandeur et la difficulté de l'idéal de la chevalerie dans son premier livre (3), mais il s'agissait ici de donner des directives pratiques.

L'argent ne suffirait pas à fidéliser ses soldats. Il fallait les motiver avec des récompenses honorifiques qu'ils seraient fiers d'arborer, comme l'ordre de la Jarretière anglais. Il fallait créer une gratification équivalente.

Jeanne avait retrouvé sa vie parisienne et ses amies, qui lui avaient chaudement recommandé le tailleur de la Grande rue Saint Denis. Elle était allée visiter l'atelier, s'était laissé convaincre par les charmants Karl et Yven, et portait depuis des cottes ajustées à laçage, qu'elle serrait à la taille avec des ceintures de cuir ouvragé rehaussés d'argent et de jolis souliers de cuir ajouré. Elle maintenait ses cheveux relevés dans toutes sortes d'escoffions (4) et ne portait plus sa guimpe (5) que pour aller à l'église. Elle passait souvent l'après-midi à la cour où elle rencontrait parfois ses cousines, et babillait le soir sur tout ce qu'elle avait vu et entendu. Geoffroy écoutait d'une oreille distraite, et s'il n'y avait pas de visiteurs, il se retirait dans son étude. Le projet de son église dédiée à la Vierge n'avançait pas, alors qu'il avait reçu du roi Philippe une rente de cent vingt livres pour la faire édifier, mais l'argent avait servi à des réparations plus urgentes de sa maison.

A la mi-août, le roi le renvoya à Saint Omer. Il y avait du mouvement du côté des Anglais à Calais, et malgré la trêve il fallait veiller à ne pas se laisser surprendre.

Quelques jours après son arrivée, il apprit qu'Amery de Pavie, le traître de Calais, se trouvait dans un petit château des environs. Il y menait joyeuse vie avec sa maîtresse qu'il avait ramenée d'Angleterre et qu'on disait fort belle et si peu avare de ses charmes qu'elle avait un autre amant en la personne d'un écuyer passablement jaloux d'Amery (6).

Geoffroy n'avait toujours pas digéré la trahison de ce félon à Calais ni les vingt mille écus qu'il lui avait remis en vain pour qu'il ouvre les portes de la ville. Il envoya quérir l'écuyer amoureux qui lui donna tous les détails sur l'endroit où se trouvait Amery de Pavie. L'occasion était trop belle de se débarrasser de son rival sous couvert d'une dénonciation patriotique.

Il fut décidé de mener un raid avec les arbalétriers de la ville. Ils partirent dès le lendemain avec l'écuyer qui avait donné les informations, arrivèrent aux environs du petit château à la nuit tombée.

Amery de Pavie avait changé depuis le siège de Calais. Il faisait tranquillement bombance sans se méfier. La petite troupe attendit que la nuit fût tombée et entra discrètement par une poterne pendant que les ménestrels et les jongleurs distrayaient bruyamment les convives d'une joyeuse ripaille. Ils se cachèrent dans le chauffoir jusqu'à la fin des festivités, car le but était seulement de le capturer. Il ne s'agissait pas de piller le château ni de se conduire comme des brigands afin de respecter la trêve et les codes de la chevalerie. L'attente fut longue, mais enfin le silence se fit, et l'écuyer le mena directement à la chambre qu'Amery de Pavie occupait avec sa maîtresse.

- Comment connaissez-vous si bien l'endroit ? demanda Geoffroy.

- C'est que, Messire, j'y suis souvent venu quand le Sire de Pavie était à la chasse ! Je vous conjure d'épargner la Dame qui se trouve avec lui. Par la grâce de Dieu, Messire, elle n'est coupable de rien !

- Soit, répondit Geoffroy. Qu'allons-nous en faire alors ?

- Nommez-moi son geôlier, Messire !

- Eh bien veillez à ce qu'elle n'ameute pas tout le château par ses cris et elle est à vous.

Trop content de l'aubaine, l'écuyer entra le premier dans la chambre qui n'était pas gardée. Amery, repu, ronflait comme un bienheureux. Sa compagne se dressa sur son séant en entendant du bruit, mais en reconnaissant son amant qui mettait un doigt sur sa bouche en signe de silence, elle se tut. La troupe de Geoffroy entra alors et les arbalétriers entourèrent le lit, chacun visant Amery de Pavie. Il grogna dans son sommeil, Geoffroy le poussa de l'épaule, il ouvrit des yeux effarouchés, se demandant sans doute s'il rêvait, et Geoffroy l'assomma. Encore étourdi, il fut emmené en chausses et en chemise tandis que sa maîtresse toute ébranlée par cet épisode se laissait consoler dans les bras de l'écuyer.

Amery de Pavie fut ramené à Saint Omer, où après un simulacre de procès, il fut pendu, écartelé, et les morceaux de son corps furent accrochés aux portes de la ville, et chacun put voir ce qu'il en coûtait de trahir Geoffroy de Charny(7).

NOTES POUR LE CHAPITRE 10

1. Traité de Fontainebleau : le 24 juillet 1351 le roi de France Jean II le Bon signe avec le comte de Flandre Louis de Male le traité de Fontainebleau. Le roi promet au Comte une somme de soixante mille Florins d'or et une rente de dix mille Livres Parisis, et lui donne une garantie formelle de secours en cas d'attaque de l'Angleterre.

2. Troisième livre de Geoffroy de Charny, daté de 1352 : 'Demandes pour la joute, le tournoi et la guerre'. C'est une sorte de code de chevalerie sous forme d'une liste de quatre-vingt-treize questions sans réponses. Ces demandes concernaient certains points épineux de l'interprétation de la notion de chevalerie.

3. 'Le livre Messire de Charny', premier livre écrit par Geoffroy de Charny.

4. Escoffion : sorte de bonnet qui pouvait prendre des formes diverses. Tantôt c'était une espèce de turban plat, à gros bourrelet, chamarré de diverses couleurs ou étincelant de toutes sortes de pierreries ; ce bourrelet se divisait en deux parties bien distinctes et semblables qui s'unissaient au milieu du front et laissaient à découvert le sommet de la tête et les cheveux. D'autres fois cette coiffure se modifiait par un bandeau qui prenait sous le menton.

5. La Guimpe est une pièce de toile qui couvre le cou et remonte de chaque côté vers les oreilles, portée à l'origine par toutes les Dames sans distinction, puis uniquement par les veuves ou les religieuses.

6. Cet épisode est raconté par Froissart dans ses chroniques : VIe addition – « Comment Messire de Chargny surprit Amery de Pavie en son châtel et le fit mourir à Saint Omer ».

Ce passage de Froissart, est repris pratiquement mot pour mot par Alexandre Dumas dans son livre 'Edouard III' Tome deuxième, 1848, imprimé par Lebègue à Bruxelles, pages 125 et 126. Alexandre Dumas a copié !

7. C'était le sort réservé aux traîtres au moyen âge.

Chapitre 11

L'automne arriva rapidement après un été humide. Il ne se passait pas grand-chose à Saint Omer, l'armée anglaise respectait la trêve et les Calaisiens étaient bien occupés. De nombreux commerçants et armateurs Anglais s'y étaient établis et le commerce de la laine et des draperies était au beau fixe. Geoffroy faisait des inspections dans la région, surtout pour faire galoper son cheval et entretenir l'allant de ses troupes, mais il passait le plus clair de son temps en prière et à sa table d'écriture, travaillait à la rédaction de son livre et avançait ses réflexions sur l'idéal chevaleresque et le moyen de discipliner l'armée. Il échangeait régulièrement des courriers avec le roi. Les siens contenaient des propositions en vue d'un règlement militaire strict, d'un code d'honneur, et aussi de l'établissement d'une récompense militaire prestigieuse pour concurrencer l'ordre anglais de la Jarretière. Les réponses du roi étaient une suite d'approbations chaleureuses, plus modérées cependant quand il s'agissait d'engager des dépenses.

Fin octobre, Geoffroy reçut une lettre circulaire du roi disant qu'il s'était inspiré de ses propositions pour demander à Pierre d'Asnières la rédaction des statuts d'une nouvelle distinction militaire qui s'appellerait l'ordre de l'Etoile, ou ordre de Notre-Dame-de-la-Noble-Maison, puisqu'il serait patronné par la Vierge d'une part, et que d'autre part le siège de cette nouvelle institution serait le palais royal de Clichy, à Saint Ouen (1). Une solde serait versée aux chevaliers membres.

Le roi, qui était friand de magnificence et de somptuosité, avait décidé que les chevaliers élevés à cette distinction porteraient sur une cotte de soie un manteau de damas vermeil orné d'une étoile à cinq branches brodée en fil d'or. Ils recevraient un collier de trois chaînes entrelacées de roses d'or émaillées alternativement de blanc et de rouge au bout de laquelle pendrait une étoile avec cette devise : « Monstrant regibus astra viam » (2). Ils devraient également dire tous les jours en l'honneur de la sainte Patronne de l'Ordre, un Chapelet de quinze dizaines d'Ave Maria et de cinq Pater. Et jurer solennellement de ne pas reculer devant l'ennemi. Naturellement, Geoffroy ferait partie des premiers promus à ce nouvel ordre, puisqu'il incarnait à lui seul la bravoure, la sagesse et la piété.

Geoffroy rougit de fierté à la lecture de cette missive, et doubla la ration de bière de toutes les troupes cantonnées à Saint Omer. Mais lui-même ne participa pas à cette liesse dont les soldats ne connaissaient pas l'origine et se contentaient de profiter. Il se retira dans son étude pour prier. Il était content que sa science militaire soit reconnue. Certes. Mais comment le roi allait-il financer ces nouvelles dépenses ? Il comptait élever au grade de l'étoile cinq cents chevaliers et avait lancé la fabrication de cinq cents manteaux de damas brodés d'or et de cinq cents colliers d'or et d'émail, plus un stock d'anneaux d'or qui serait gravés au nom ce chaque élu. Où allait-il trouver l'argent ? Le roi trouva la solution aisément : par un édit il suspendit sa propre dette et recommença à emprunter à tour de bras.

Une grande fête pour célébrer la création de l'ordre était prévue le 6 janvier 1352, le jour de l'Epiphanie, au palais de Clichy qui serait renommé pour l'occasion la Noble Maison de Saint Ouen.

Geoffroy était doublement ravi. Cela signifiait qu'il allait devoir rentrer à Paris, et il en profiterait pour passer la Noël avec sa famille. On était fin novembre, tous ses membres commençaient à le faire souffrir dans cette forteresse froide et humide. De plus, la période de l'Avent était commencée depuis mi-novembre, et le jeûne et la pénitence s'ajoutant au temps maussade, il n'eut bientôt plus qu'une envie : rentrer au plus tôt. Son livre avait bien avancé, et il savait désormais que toutes les questions qu'il y posait seraient adressées aux chevaliers de la Noble Maison en tant qu'assemblée des sages.

Il ne tenait plus en place et début décembre il décida de partir pour Paris avec Ancelin, en laissant une garnison réduite à Saint Omer sous la responsabilité d'un capitaine. Il se réjouissait déjà de passer cette fête la plus joyeuse d'entre toutes entouré de sa famille.

Cette fois, quand il arriva rue de la Chanverrie, il était bien attendu par sa famille et ses gens. Il avait chevauché à bride abattue deux journées durant et il était fourbu.

La maison, bien chauffée grâce aux cheminées et à un chaudron de braises entretenu dans son étude, était déjà décorée de houx et de verdure, et on commençait à entasser les victuailles pour le festin de Noel. Alaïs fabriquait à l'avance des friandises et des fruits confits. Sa maison citadine n'autorisant pas l'élevage de cochons, on en ferait venir un tout dépecé de Lirey.

Il passa les premiers jours à se reposer de ses mois de garnison, ne quittant guère son étude où il gardait son manteau doublé de vair. Il ne parvenait pas à se réchauffer, comme si le froid était à l'intérieur de lui-même. Il étudia les registres de comptes de sa maisonnée et les états qui lui étaient parvenus de ses châtellenies. Grâce à ses nouvelles pensions et aux arriérés que le roi lui avait versés, ses affaires s'étaient bien arrangées.

Il se rendait à l'église Saint Eustache tous les matins pour prier, assistait parfois à la messe, et en profitait pour admirer la sculpture terminée. L'ensemble, une fois coloré, était saisissant de réalité. Les personnages semblaient sur le point de parler, et la vierge avait l'air tellement affligée qu'on n'eût pas été surpris de voir ses larmes couler. De l'autre côté de l'église, son pendant était en chantier. C'était une descente de croix, de ce que Geoffroy put en juger. On y voyait le crucifié déjà mort, entouré d'une foule accablée, la Vierge était au pied de la croix en train de s'évanouir, et les bords de la sculpture représentaient les Hébreux saisis d'effroi en réalisant leur culpabilité.

En parcourant au retour la courte distance qui le séparait de sa maison, il se fit le serment de faire sa priorité de l'édification de cette église qu'il avait promise à la vierge. Le pape n'ayant pas répondu à sa demande vieille déjà de plusieurs mois, il écrirait dès son retour aux moines de l'abbaye de Montier-la-Celle, qui avaient autorité sur son diocèse, pour demander l'autorisation de construire cette église.

Perdu dans ses pensées, alors qu'il longeait les Halles, il fut violemment heurté par un homme qui s'enfuyait. Geoffroy l'attrapa par le bras et le retint pour lui dire sa façon de penser et le forcer à s'excuser. L'autre commençait à couiner dans une langue difficilement intelligible, passablement agité, implorant Geoffroy de le laisser partir car sa vie en dépendait. Lorsqu'il l'eut bien en face de lui, Geoffroy reconnut le sculpteur italien de l'église Saint Eustache, qui le reconnut lui aussi.

- Ah Messire comme je suis bien aise de vous voir, sauvez moi, il veut m'embrocher ! dit-il en joignant ses mains redevenues libres.

En effet, un bourgeois ventru accourait au coin de la rue en brandissant maladroitement une épée.

- Ah ça, maraud, enfin je te tiens ! Dit-il en pilant devant Geoffroy, rouge de colère et proche de la suffocation.

Le sculpteur se cacha derrière la carrure imposante de Geoffroy, qui fit face. Celui-ci leva la main en signe d'apaisement, tout en maintenant le sculpteur derrière lui de son autre main.

- Tout doux, Messire, cet homme n'ira pas plus loin, pourquoi voulez-vous attenter à ses jours ?

Le bourgeois ne connaissait pas Geoffroy, mais, impressionné par sa prestance et son sang-froid, il devina qu'il avait affaire à quelqu'un d'important qui n'était pas le moins du monde effrayé par son épée.

- Laissez-moi l'étriper, Messire, il en va de mon honneur, j'ai surpris ce brigand qui quittait la chambre de ma femme !

- Ce n'était pas moi, glapit le sculpteur, je suis sorti pour aller acheter du lard, et ce Sire m'a confondu avec un autre alors que je passais devant sa maison !

- Etes-vous certain que c'était lui ? demanda calmement Geoffroy au Bourgois.

- Presque certain, Messire, je l'ai vu de dos, il avait le même manteau et le même chaperon.

- Comment pouvez-vous affirmer une chose pareille, le morigéna Geoffroy, un grand nombre d'hommes portent ce genre de manteau de drap de laine brune et ce genre de chaperon foncé. Allez-vous laisser un malheureux soupçon faire de vous un assassin ? Et que fera votre épouse quand vous serez condamné et pendu ? Cet homme est innocent, pour la bonne raison qu'il ne peut pas être celui que vous cherchez. Ce matin de bonne heure je l'ai vu à l'église Saint Eustache où il termine une sculpture. Accuseriez-vous un homme qui travaille pour la gloire de Notre Seigneur ?

- Heu, répondit l'autre, dépité de se rendre compte que, vrai ou pas, il n'aurait pas la peau de ce chenapan.

- Alors faites demi-tour et rentrez chez vous où vous ferez pénitence pour avoir failli devenir le meurtrier d'un innocent. Et rangez votre épée, si vous continuez à la tenir ainsi vous allez vous blesser.

Geoffroy cramponnait toujours fermement Marco Da Caversacio par le gras du bras à travers son manteau.

- Eh bien me voilà à nouveau pécheur à cause de vous puisque je viens de mentir.

- Messire, vous m'avez sauvé la vie, je suis votre obligé à jamais.

Geoffroy lâcha le bras de Marco.

- Je ne suis pas certain qu'il vous aurait rattrapé, vous avez l'air plus agile que lui, dit Geoffroy en riant, que faisiez-vous dans la chambre de cette dame ?

- Comment savez-vous que j'y étais ?

- je peux le lire sur votre front, dit Geoffroy en riant de plus belle. Venez avec moi à la taverne et racontez-moi cette histoire.

- Mais Messire, je ne suis pas autorisé à aller à la taverne ! (2)

- Vous êtes avec un chevalier, conseiller du roi. Vous ne craignez rien tant que vous êtes avec moi.

Ils poussèrent la porte de l'établissement le plus proche. Ils s'installèrent au fond de la petite salle sombre. Marco enjamba un banc et Geoffroy prit le tabouret de l'autre côté de la table. Ils commandèrent du cidre, car on était en période de l'Avent, et par ailleurs il était bien connu que les tenanciers avaient tendance à couper le vin.

Marco expliqua qu'il habitait rue Quinquenpoix, dans une chambre que lui louait une vieille veuve au deuxième étage. Juste de l'autre côté de la rue vivait ce bourgeois qui avait une charge administrative au Chatelet, et tous les matins en regardant par la fenêtre, Marco voyait sa dame au premier étage, à moitié déshabillée à sa croisée, qui lui faisait des mines. Un jour qu'il n'était pas allé travailler car il attendait des pigments qui n'arrivaient pas, elle lui avait fait signe de la rejoindre, et il avoua qu'il ne s'était pas fait prier.

Depuis ce jour, dès que son mari avait tourné le coin de la rue, elle accrochait une touaille sur le bord de la fenêtre, et s'il était là, il accourait. Cela faisait maintenant plusieurs mois qu'ils batifolaient, la jeune épouse dormait souvent dans une petite chambre quand le bourgeois recevait et que la salle était jusque tard dans la nuit encombrée de vieux barbons qui discutaient de choses auxquelles elle ne comprenait rien. La veille au soir, il l'avait rejointe, puis à force de reculer le moment de retourner dans le froid dormir sur sa paillasse, s'était endormi entre ses bras dans son lit douillet couvert d'une courtepointe en fourrure. Quand il s'était réveillé, le soleil était levé, il s'était vêtu en hâte, en partant il avait marché sur une latte grinçante du plancher, avait entendu une porte s'ouvrir, s'était mis à courir, et quelques minutes plus tard il était tombé dans les bras de Geoffroy.

- Messire, je ne peux plus habiter en face de chez cet homme, il n'a pas été dupe et à la première occasion il va m'assassiner. Et puis ce serait un crève-cœur de voir dame Agnès tous les jours sans pouvoir l'approcher. Que vais-je devenir ?

Geoffroy, qui admirait les arts et avait déjà une idée derrière la tête, trouva une solution.

- Je loue une maison de l'autre côté des Halles rue des Prouvaires pour y loger mes gens quand je réside à Paris, car je suis rarement dans mes domaines bourguignons. Nous allons vous y trouver une place.

- C'est le Ciel qui m'a mis sur votre chemin, Messire, je ferai ce que vous voudrez en retour.

- Rien pour l'instant, mais quand tu auras terminé ton ouvrage, j'aurai peut-être quelque chose à te commander.

Geoffroy lui donna l'adresse et lui dit de se présenter à la nuit tombée rue des Prouvaires avec ses affaires. On lui trouverait une paillasse dans la soupente avec les valets. Et comme il n'était pas un domestique de sa maison, il allait donner des instructions pour qu'on lui aménage un coin séparé par des courtines.

Puis chacun repartit de son côté, content de cette rencontre accidentelle.

NOTES POUR LE CHAPITRE 11

1. Ordre de l'étoile : fondé le 16 novembre 1351 à l'imitation de l'Ordre de la Jarretière anglais. Cérémonie inaugurale le 6 janvier 1352 à Saint Ouen. Les statuts prévoyaient que ces chevaliers ne devaient jamais tourner le dos à l'ennemi ni reculer de plus de quatre arpents. Ce serment prêté lors de la première fête de l'ordre de l'Étoile coûta la vie à quatre-vingt-dix chevaliers à la bataille de Mauron en 1352. Le palais royal de Clichy, dont il ne reste rien aujourd'hui, se trouvait à l'emplacement de l'actuel château de Saint Ouen.

2. *« Monstrant regibus astra viam »* : Les astres montrent la route au roi (allusion à l'étoile des rois mages)

3. Les tavernes parisiennes au milieu du XIVe siècle : les tavernes (alors appelées 'hôtels' car le mot taverne était surtout réservé aux maisons de plaisirs) étaient très nombreuses à Paris au moyen âge, surtout aux endroits de grand passage comme les halles. On en compte plusieurs centaines vers 1350.

On trouve de nombreuses scènes de tavernes dans les écrits de François Villon et de Rutebeuf. L'excès de boisson entraînant souvent la violence et les exactions, la multiplication des piliers de taverne conduisit à réprimer l'ivrognerie qui était devenue un vrai problème social au milieu du XIVe siècle en raison de la mauvaise conjoncture économique et du manque de main-d'œuvre généré par la Peste.

C'est aussi pour remédier au manque de main d'œuvre que Jean Le Bon émet l'ordonnance de 1351 qui visait ceux « se tiennent oyseux (oisifs) par la ville de Paris ».

Il interdit aux ouvriers de fréquenter les tavernes les jours ouvrables. En voici le texte, qui est compréhensible bien qu'il soit écrit en moyen Français :

« Pour ce que plusieurs personnes, tant hommes comme femmes, se tiennent oyseux parmy la ville de Paris et es autres villes de la prevosté

et viconté d'icelle, et ne veullent exposer leur corps a faire aucunes besongnes, ains truandent les aucuns et se tiennent es tavernes et es bourdeaux, est ordonné que toutes icelles manières de gens oyseux ou joueurs aux dez ou chanteurs es rues, truandans ou mendians, de quelconque condicion ou estat qu'ilz soyent, ayans mestier ou non, soyent hommes ou femmes, qui soyent sains de corps et de membres, se exposent a faire aucunes besongnes de labour, en quoy il puissent gaigner leur vie, ou vuident la ville de Paris et les autres villes de ladite prevosté et viconté, dedans trois jours apres ce cry. Et se apres lesdits trois jours sont trouvez oyseux ou jouans aux dez ou mendians, ilz seront prins et mis en prison et mis au pain et a l'eaue ; et ainsi tenuz par l'espace de quatre jours, et quant ilz auront esté delivrez de ladite prison, se ilz sont trouvez oyseux ou se ilz n'ont bien dont ilz puissent avoir leur vie, ou se ilz n'ont adveu de personnes souffisans, sans fraude a qui ilz facent besongnes ou qu'ilz servent ilz seront mis ou pilory et la tierce foiz ilz seront signez au front d'un fer chault et banny desdits lieux. »

Chapitre 12

Les fêtes de Noël approchaient, et bien que l'on fût toujours en période de jeûne et de pénitence, la perspective des réjouissances et des bombances à venir échauffait les esprits. Les célébrations dureraient de la Nativité jusqu'à l'Epiphanie, soit du vingt-cinq décembre au six janvier. La fête de la Nativité, lors de laquelle les fidèles, dans une communion de ferveur religieuse, fêteraient la naissance de Jésus avec des chants et des prières, serait suivie dès le lendemain de Noël par la fête des fous qui durerait trois jours. Le cycle des festivités se terminerait avec l'Epiphanie, qui marquait l'hommage des rois mages à l'enfant Jésus, et qui était l'occasion de partager le gâteau des rois, une brioche aux fruits confits dans laquelle on cachait une fève.

Jeanne avait remis sa guimpe et allait tous les jours à l'église en prévision de la messe de Noël. Geoffroy se rendait au Palais où il avait retrouvé ses clercs désœuvrés après avoir terminé leur mission. Mais leur travail avait porté ses fruits et la réorganisation de l'armée était en cours. Il leur confia son manuscrit afin qu'ils en fissent faire des copies. Les travaux de réaménagement du palais de la Cité allaient bon train et la nuisance était telle quel roi avait déménagé au Louvre.

Geoffroy avait aussi recommencé à fréquenter la salle d'armes pour s'entraîner, car il se sentait un peu rouillé, son épaule droite lui faisait mal et il n'était plus aussi agile qu'auparavant. Il assistait fréquemment à des assemblées du

Conseil Secret du roi où l'on mettait au point la réforme de l'armée, et où on discutait de la stratégie à venir car la trêve était fragile.

En son absence il s'était fait faire une nouvelle armure et il avait hâte de l'essayer. Enfin, le roi l'avait chargé de superviser la grande fête qu'il organiserait les cinq et six janvier pour l'intronisation des premiers chevaliers de l'Ordre de L'Etoile, qui promettait d'être grandiose (1).

Enfin le jour de Noël arriva. Les rues et les façades des maisons étaient pavoisées de houx et de bannières colorées, et malgré le froid les bateleurs sillonnaient les rues en jouant du chalumeau (2), du cornet à bouquin (3) et du tambourin, les vendeurs ambulants proposaient du pain d'épice et du vin chaud, les diseurs de bonne aventure vous accostaient à chaque coin de rue, surtout dans ce quartier des Halles toujours animé.

Les réjouissances commencèrent par un mystère (5) donné sur la place de la cathédrale au milieu de l'après-midi. Pour l'occasion, Geoffroy avait donné congé à ses gens et la plupart étaient venus jusque sur le parvis de Notre Dame pour assister au spectacle, sauf Alaïs qui s'affairait dans la cuisine à préparer les nombreux mets qui seraient servis dans la soirée. Depuis deux semaines, les fruits confits au miel séchaient sur des claies suspendues au plafond dans l'arrière cuisine, elle faisait des allers et retours avec un valet qui tirait une charrette à bras au four des Halles pour cuire des pains, et semblait de plus en plus fatiguée.

Une vaste estrade avait été dressée devant la cathédrale. Les bordures étaient garnies de branchages de sapins, des palissades d'osier tressé avaient été plaquées sur tous les côtés afin que personne ne se glisse sous la scène, et des tentures accrochées à des tringles sur le devant figuraient les rideaux d'un théâtre, tandis que sur d'autres à l'arrière était peint le décor. Des flambeaux avaient été accrochés partout où c'était possible, et des lanternes éclairaient la magnifique façade polychrome de la cathédrale, terminée cinq ou six ans plus tôt. Les statues des apôtres au-dessus du portail du Jugement Dernier semblaient ravies d'être aux premières loges du spectacle. La foule déjà nombreuse commençait à s'agiter alors que le jour déclinait.

On était à Paris et à Notre Dame, ce serait sûrement le plus beau mystère donné à la Noël dans le royaume. On y jouerait la passion du Christ en deux parties, la seconde étant donnée le lendemain. Jeanne frissonnait dans son nouveau manteau doublé de fourrure et les petits s'étaient cachés dessous. Même Geoffroy commençait à se lasser d'être là debout sans bouger. On sentait que la tension montait mais il ne se passait toujours rien sur la scène. Pour patienter, tout le monde discutait, des braseros avaient été installés à la périphérie de la place, où on pouvait acheter une poignée de châtaignes grillées ou un pichet de vin chaud pour une piécette. Enfin, alors qu'il faisait presque nuit, de plus gros flambeaux furent allumés dans des cages de fer, et les premiers acteurs arrivèrent sur scène dans des habits chamarrés sous les acclamations de la foule. Ils déclamaient des vers difficilement compréhensibles en plein air, et personne ne comprenait vraiment grand-chose aux détails des scènes, même en connaissant déjà l'histoire, mais tout le monde était content d'être là.

Au bout d'une heure, la foule commençait à s'éclaircir. Le vent s'était levé, les petits commençaient à pleurnicher de froid et de faim, et Geoffroy décida qu'ils avaient assez fait acte de présence. Tout le monde rentra se réchauffer à la maison et prendre une collation avant de repartir à la messe à l'Eglise Saint Eustache toute proche. On eut bien de la peine à tenir les enfants tout excités qui racontaient sur le chemin du retour l'histoire du Mystère comme s'ils en avaient été les acteurs, à ceci près qu'ils ne racontaient pas la même intrigue. Ils en garderaient le souvenir pendant des années. Ils furent un peu morigénés, ils devraient encore se tenir tranquilles pendant toute la messe avant de pouvoir s'égailler dans la maison avec les enfants d'amis de leurs parents au moment du repas.

Alaïs avait enfin terminé les préparatifs, et elle se joignit à la famille pour rejoindre l'église, tandis que la maison était laissée aux bons soins des valets qui commençaient à dresser la table dans la salle, apportant des tréteaux, des planches et des piles de nappes blanches. Les musiciens que Geoffroy avait embauchés pour animer le repas étaient déjà arrivés. Dans un coin de la salle, ils avaient sorti leurs instruments et commençaient à s'accommoder. Au moment de partir, on ne trouvait plus la petite Charlotte. Ancelin la dénicha dans l'arrière cuisine, la bouche pleine de figues, mais comme c'était Noël, elle ne fut pas punie. Par contre, elle devrait dire trois prières de plus à la messe pour éviter le purgatoire. A cette idée, elle cracha immédiatement ce qui lui restait dans la bouche et se mit à pleurer.

Elle se calma bien vite sur le chemin, car c'était l'heure où tout le monde convergeait vers l'Eglise, les rues étaient pleines de monde, de bruit, de couleurs, de musique, des odeurs alléchantes s'échappaient de toutes les maisons, chacun avait revêtu ses plus beaux habits. Après un mois de jeûne et de pénitence, la perspective du copieux repas qui s'approchait réjouissait les papilles. Les jeux de hasard, la musique et les danses suivraient jusque tard dans la nuit.

La petite église Saint Eustache était bondée. Le curé n'avait pas lésiné sur les cierges. Les grands lustres avaient été descendus des voûtes avec leur corde, et remontés chargés de lumière. De chaque côté de l'autel, deux treizins (6) jetaient un halo sur le curé en train d'officier. Jeanne s'avança vers le choeur tandis que Geoffroy restait debout vers la porte comme il en avait l'habitude. Les enfants s'étaient également approchés avec Alaïs pour mieux voir la crèche.

Le curé psalmodiait en Latin dans cette douce lumière. Geoffroy, réchauffé par la foule serrée autour de lui, ferma les yeux, touché par la grâce divine de ce moment unique. Mais très rapidement, bercé par les chants de Noël, ce qu'il imaginait sous ses paupières closes était tout autre. Il se voyait à la Noël suivante dans son église de Lirey toute neuve, avec sa famille et ses gens, entourés des villageois reconnaissants de n'avoir plus à se déplacer en plein hiver jusqu'à Saint Jean de Bonneval.

Il ne se rendit compte que la messe était terminée que lorsque Charlotte le tira par la manche. Il faisait de plus en plus froid et tout le monde se dépêcha de rentrer avec une joyeuse impatience. Les fanions multicolores et les branches de houx qui décoraient les maisons étaient couverts de givre.

Dès qu'ils eurent passé la porte, ils furent saisis par la bonne chaleur et les odeurs de viande rôtie qui émanaient de la cuisine. Geoffroy avait invité son clerc Contrehastier, deux chevaliers veufs, dont l'un venait d'Avignon et parlait d'une voix chantante, et un troisième, Johan de Crésantignes, venu avec sa femme Isabeau et ses deux enfants presque du même âge que ceux de Geoffroy. Un valet avait installé les invités sur des tabourets dans la première salle du bas en attendant le retour du maître de maison, et après de chaleureuses salutations, tout le monde monta l'escalier dans une bruyante cavalcade pour se rendre à la salle. Dès que les premiers arrivèrent sur le seuil, les musiciens commencèrent à jouer. On laissa les enfants admirer le décor, la nappe immaculée, les tailloirs d'étain, les chandeliers, les bouquets de laurier, puis on les envoya manger dans leur chambre où ils pourraient s'amuser sans déranger les adultes.

Les valets commencèrent à apporter les tranchoirs découpés dans les belles miches qu'Alaïs avait fait cuire au four des Halles, avec des cuillères et des couteaux, puis un autre fit le tour de la table avec un plat d'eau et une touaille pour que les invités puissent se laver les mains, et les plats commencèrent à arriver en procession. Après une porée blanche (7) et un brouet houssié (8) arriva le cochon rôti de Lirey, le cygne farci, puis les lamproies à la sauce, les tourtes et les darioles de crème. Les valets remplissaient les hanaps de bière et d'hypocras. Les conversations allaient bon train, les rires fusaient. Jeanne s'entretenait avec l'épouse du chevalier. On entendait parfois des éclats de rire qui venaient d'en bas, les valets aussi s'en donnaient à cœur joie. Pour ce jour spécial, Geoffroy leur avait permis de manger les restes, et il y avait de quoi nourrir un escadron.

Une fois le repas terminé, les valets débarrassèrent la table, enlevèrent les tréteaux, on sortit les dés et le tric-trac, mais finalement tout le monde avait un peu trop bu et ils préférèrent jouer aux charades pendant que Jeanne et Isabeau dansaient avec les chevaliers. Puis quand les convives furent un peu plus fatigués les musiciens jouèrent des morceaux de Guillaume de Machaut (8) et déclamèrent de vieux poèmes de Rutebeuf (9).

On était presque au petit matin et les dames commençaient à somnoler. Les deux chevaliers veufs prirent congé avec Contrehastier, mais Johan et Isabeau restèrent dormir dans le lit à courtines de la salle, il aurait été cruel de réveiller leurs enfants endormis depuis longtemps dans la chambre des petits et de les traîner dans le froid et les rues peu sûres pour rentrer chez eux.

NOTES POUR LE CHAPITRE 12

1. Fête de l'Ordre de l'Etoile : des fragments de livres de comptes du Trésor de l'année 1352 ont été retrouvés dans une reliure postérieure (on avait utilisé de vieux documents pour fabriquer la reliure), qui font état des dépenses occasionnées pour cette fête.

2. Chalumeau : instrument à vent, ancêtre du hautbois.

3. Cornet à bouquin : instrument à vent, sorte de flûte taillée dans une corne de bouc.

4. Mystère : au Moyen Age, représentation de théâtre qui se jouait sur le parvis des églises ou sur les places, avec des thèmes liturgiques : Mystère de la Nativité, Mystère de la Passion, Mystère de la Résurrection. On représentait également la vie des Saints. Les Mystères pouvaient être très longs et représentés en deux ou trois parties. Sur scène, seuls des hommes jouaient, avec des costumes parfois sommaires : des ailes pour un ange, des cornes pour le diable. Il ne faut pas oublier qu'à cette époque la grande majorité du peuple ne savait pas lire, et c'était une façon de raconter la bible.

5. Trezin : porte cierge sur pied qui peut recevoir treize cierges en ligne.

6. Porée blanche : la porée est une sorte de potage de légumes cuite au lait. Elle est dite blanche, lorsqu'elle est faite avec des ingrédients blancs : blancs de poireaux, lait d'amande ou lait.

7. Brouet houssié : poulet assaisonné au persil.

8. Guillaume de Machaut, sans doute né à Machault (Ardennes) ou dans la région de Reims autour de 1300 a été le plus célèbre compositeur et auteur du XIVè siècle. Chanoine de Reims à la fin de sa vie, il y a été enterré en 1377.

9. Rutebeuf, né vers 1230 et mort vers 1285, est un célèbre poète originaire de Champagne. Parmi ses vers les plus célèbres, on trouve

ceux issus des Poèmes de l'Infortune : « Que sont mes amis devenus, que j'avais de si près tenus, et tant aimés... » qui ont été repris à de nombreuses fois dans des chansons de notre époque (Léo Ferré, Nana Mouskouri, Vaya Con Dios, Joan Baez...)

Chapitre 13

Le réveil fut un peu difficile dans une maison refroidie. Les valets avaient festoyé et bien bu et étaient endormis les uns sur les autres au rez-de-chaussée. Ils avaient eux aussi dansé au son de la musique qui venait du premier étage, et tous garderaient le souvenir d'une joyeuse veillée de Noël dans une bonne maison, ce qui n'était pas toujours le cas à Paris. Ancelin en secoua quelques-uns qui s'ébrouèrent et sortirent dans la cour chercher des bûches pour alimenter les cheminées. Les petits couraient déjà partout en jouant 'au Mystère', déguisés avec les nappes sales qu'ils avaient trouvées en tas dans la pièce du bas.

Les adultes se préparèrent en hâte pour ne pas manquer la messe de Noël, pendant que les valets discutaient à qui irait à la messe et qui resterait pour ranger et préparer le repas avant de soumettre la liste au maître de maison. La lingère glapissait qu'on lui avait volé ses nappes. Quand les enfants passèrent en courant et en riant devant elle, elle renonça à les poursuivre. Ils se lasseraient vite et devaient partir eux aussi pour la messe.

L'église était à nouveau pleine à craquer, mais Geoffroy n'était visiblement pas le seul à avoir eu du mal à se lever. Il s'était placé au fond et après avoir prié avec ferveur pour que son église voie le jour au plus tôt, il passa le reste de la messe captivé par la sculpture de Marco bientôt terminée. L'assemblée baissait les yeux mais on n'aurait su dire quelle était la part du recueillement dans cette attitude. Les uns bâillaient, d'autres dansaient impatiemment d'un pied sur l'autre, et tous se précipitèrent dehors dès que le Ite Missa Est (1) fut prononcé.

Il retourna à l'église dans l'après-midi pour les vêpres, mais Jeanne resta avec les enfants, son fils avait pris froid et il avait une mauvaise toux depuis son retour de la messe du matin. Elle ferait quérir le lendemain de la poudre d'écorce de saule et de la reine des prés (2), et en attendant, elle le gardait au chaud sous ses couvertures de fourrure en lui faisant prendre du lait au miel. Le petit garçon se tenait tranquille et espérait bien être guéri dès le lendemain pour ne pas manquer la fête des fous (3).

Jeanne, bien que fort marrie de savoir son enfant malade, n'était pas mécontente de trouver un prétexte pour l'empêcher d'assister à cette fête paillarde.

Dès le matin du 26 décembre, des bateleurs commencèrent à sillonner les rues en frappant sur leurs tambours, leurs bendirs et leurs cymbales pour appeler les habitants à descendre dans la rue.

Jeanne se mit à la fenêtre. Heureusement, la chambre des enfants donnait à l'arrière sur la cour et la petite Charlotte était trop jeune pour trouver un intérêt à cette célébration débridée, sauf pour voir les déguisements plus étonnant les uns que les autres. Les valets étaient particulièrement friands de cette fête qui consistait surtout à inverser les valeurs et la hiérarchie et à ridiculiser l'autorité ecclésiastique.

Un peu plus tard, elle vit passer sous ses fenêtres un jeune homme déguisé en pape, assis à l'envers sur un âne guidé par d'autres déguisés en curés, qui haranguait la foule chamarrée qui le suivait dans des accoutrements invraisemblables, en dansant, chantant, jouant de la musique, ou braillant ce qui leur venait à l'esprit. Le faux pape, qui faisait donc face au cortège qui le suivait, semblait battre une mesure imaginaire avec un goupillon. Beaucoup portaient des masques de cuir grimaçants, certains avec des cornes, Jeanne vit même un homme avec un masque de lion en fourrure et une queue attachée à son pourpoint. D'autres étaient déguisés en femmes avec des guenilles, ou en fous avec des bonnets à grelots et avaient le visage couvert de suie. Quelques-uns brandissaient des outres de vin bien qu'on ne fût qu'au milieu de la matinée. Le début du cortège ne jouait pas le même air que le milieu qui ne jouait pas le même air que la fin, le tout mélangé aux cris, aux gesticulations et aux chansons faisait un tapage de tous les diables.

Jeanne referma la fenêtre. Geoffroy non plus n'était pas partisan de ces réjouissances qu'il trouvait impies, mais si cela permettait au peuple de se défouler, il suffisait de se tenir en retrait pendant trois jours, et de savoir qu'on ne pourrait pas compter sur des valets avinés et insolents pendant cette période. De plus, pour certains qui n'avaient jamais quitté Lirey encore quelques mois auparavant, c'était une expérience qu'ils pourraient raconter tout au long de leur vie le soir devant la cheminée. Lirey et les villages alentours étant peu peuplés, certains villageois se regroupaient chaque année pour se rendre à Troyes pour la fête des fous qui avait lieu dans la région le jour de l'Epiphanie. C'était l'une des premières villes à avoir célébré ces bacchanales plusieurs siècles auparavant, et les habitants y mettaient une telle ardeur que la maréchaussée était souvent obligée d'intervenir pour séparer des bagarres ou ramasser les fêtards ivres morts.

Le petit Geoffroy dormait à poings fermés et ne se rendit compte de rien. La petite Charlotte, lassée au bout d'un moment de jouer avec ses poupées de chiffon, s'en alla fureter à la cuisine où Alaïs lui fit pétrir une boule de pain et elle était tout heureuse, grimpée sur un marchepied, les mains enfoncées jusqu'au coude dans la jatte pleine de pâte, faisant voler de la farine tout autour d'elle. Jeanne aussi s'affairait à la cuisine, faisant l'inventaire des victuailles et la liste de ce qu'il faudrait acheter pour les repas à venir de cette période de réjouissances. Elle se languissait de sa famille et aurait préféré être à Pierre Perthuis ou à Lirey pour pouvoir les inviter.

Dans ce calme temporaire, Geoffroy travaillait dans son étude, penché sur ses registres, un gros chandelier sur pied à côté de sa table tant la journée était sombre, aux derniers préparatifs de la grande fête de l'Ordre de l'Etoile. Tout avait été fait dans la précipitation, deux mois pour organiser une fête d'une telle ampleur, c'était trop peu. Le cérémonial devait être marquant, et les centaines d'invités devaient en parler pour que dans chaque recoin du royaume, nul n'ignore la puissance et la gloire de la royauté. Les vêtements avaient été livrés. Les chevaliers seraient vêtus d'une cotte blanche en drap de laine de Bruxelles, de chausses de brunette noire, de chaussures dorées, d'un surcot, d'un manteau doublé de fourrure de vair et d'un chaperon pareillement fourré en fine écarlate vermeille. C'est le tailleur du dauphin, Martin de Coussy, qui avait taillé et cousu les habits des nouveaux promus. Afin de garnir les étoiles d'or portées par le dauphin et ses trois frères, on avait démantelé un petit chapeau appartenant au roi et récupéré les pierres précieuses et les perles qui l'ornaient. Les anneaux d'or portant le nom de chaque chevalier étaient conservés au palais dans une cassette (4).

Cette fête allait coûter une fortune mais devait être somptueuse. Toute la cour s'y préparait, et pour attiser l'intérêt on n'avait pas donné à l'avance le détail des divertissements et du banquet. Contrehastier passerait dans l'après-midi pour l'aider, ainsi que Tancarville et deux autres chevaliers qui partageaient sa mission. Après avoir examiné le programme, le roi avait décidé que cette manifestation se déroulerait sur deux journées et commencerait le cinq janvier par une messe. Il faudrait donc nourrir aussi tous ces gens le cinq au soir, et à chaque nouvelle idée du roi la facture s'alourdissait.

Il déjeuna rapidement d'un brouet et de viande froide avec Jeanne.

- Mon ami, lui dit-elle, je n'ai pas vu ma famille depuis plusieurs mois, et je suis contente d'être à Paris, mais ils me manquent. Et en ces temps de célébrations, vous travaillez sans cesse et vous êtes morose. Les enfants s'ennuient et je ne peux pas les laisser jouer dans la rue comme des manants, ils seraient mieux à Lirey ou à Pierre Perthuis eux aussi, ils pourraient courir dans la campagne malgré le froid.

- Je comprends, ma mie, mais il ne serait pas raisonnable de voyager par ces jours si courts et dans cette froidure avec les enfants. Vous n'auriez guère le temps de préparer vos bagages avant la fête de l'Etoile. Vous partirez un peu plus tard et je vous rejoindrai peu de temps après. J'ai à faire moi aussi au château.

- Vous avez raison mon ami, c'est mieux ainsi. Mais promettez moi que l'année prochaine nous serons en famille pour la Noël.

- Certes, ma mie, répondit Geoffroy en lui prenant la main, tout en se disant que l'année prochaine à pareille époque il serait peut-être sur un champ de bataille.

Jeanne retourna à sa broderie quand les chevaliers et le clerc arrivèrent.

NOTES POUR LE CHAPITRE 13

1. *Ite Missa Est* : la messe est terminée.

2. L'écorce de saule blanc et la reine des près contiennent de la sa-licyline, un principe proche de l'aspirine, qui est de l'acide salicylique de synthèse.

3. Fête des fous : héritée des saturnales romaines qui tournaient en dérision le pouvoir et les institutions établies, c'était une fête très impor-tante au moyen âge. Certains prenaient ce jour-là l'habit de l'évêque et singeaient les cérémonies en ridiculisant les formules consacrées. Dans certaines églises, un jeune clerc paré du titre d'évêque des fous, *Epis-copus stultorum*, occupait le fauteuil épiscopal revêtu des ornements pontificaux à l'exception de la mitre, qui était remplacée par une sorte de bonnet. À la fin de l'office, il recevait les mêmes honneurs que le prélat véritable, et son aumônier prononçait une bénédiction, dans laquelle il demandait pour les assistants « le mal de foie, une banne de pardons, vingt bannes de maux de dents, et deux doigts de teigne sous le men-ton ».

Les prêtres, barbouillés de lie, masqués et travestis, dansaient en entrant dans le chœur et y chantaient des chansons obscènes, les diacres et les sous-diacres mangeaient des boudins et des saucisses dans l'église, jouaient aux cartes et aux dés sur l'autel, et brûlaient dans les encensoirs de vieilles savates. Ensuite, on les promenait dans les rues dans des tombereaux pleins d'ordures, où ils prenaient des poses lascives et faisaient des gestes impudiques.

Selon les régions, la date de célébration pouvait varier ; A Troyes, au XIIe siècle, la fête des Fous se célébrait le jour de l'Épiphanie.

4. Ces détails nous sont parvenus grâce au détail des comptes de dépenses occasionnées pour cette fête.

Chapitre 14

L'avant-veille de l'Epiphanie, Geoffroy et Jeanne furent invités au Palais de la Cité où le roi avait donné une fête et un bal dans la grande salle pour plusieurs centaines de personnes. Le roi et la reine portant chacun leur couronne siégeaient sur leurs trônes adossés au mur latéral en haut de quelques marches recouvertes d'un épais tapis. La reine portait une robe qui semblait faite d'or et d'argent et se tenait raide. Le roi, enveloppé de son long manteau bleu fleurdelisé au large col d'hermine, complotait à mi-voix avec La Cerda debout à côté de lui, toujours penché sur son épaule comme un oiseau de malheur. Autour d'eux, de nombreux courtisans devisaient l'air de rien tout en tendant l'oreille.

Jeanne avait revêtu une robe neuve de brocard écarlate, ajustée à la taille et lacée sur le devant, bordée de fourrure de petit gris, et une large ceinture à plaques assortie à son collier. Un léger voile accroché à son escoffion résillé de fils d'or lui donnait l'air d'une duchesse. Quand les danses commencèrent, Geoffroy la perdit de vue dans cette salle immense, et ne l'aperçut plus qu'au détour d'une carole ou d'une farandole. Il était content qu'elle s'amuse. Lui-même n'était pas porté sur ce genre de divertissements et passa la soirée à s'entretenir avec ses pairs. Sur l'insistance de Jeanne il avait cédé à la mode du pourpoint court mais il se sentait mal à l'aise, serré à la taille par ce riche vêtement mordoré, et malhabile à marcher avec ses chaussures à la poulaine. Il fallait bien admettre cependant que tous les gentilshommes de l'assemblée en portaient de semblables. Heureusement, son long manteau accroché sur l'épaule et un chaperon enroulé lui permettaient de ne pas trop exposer son anatomie.

Après plusieurs nuits sans sommeil, tout était prêt pour la cérémonie de l'Ordre de l'Etoile. Pas moins de cent chevaliers seraient adoubés ce jour-là, dont deux fils du roi, Jean, futur duc de Berry, et Philippe, futur duc de Bourgogne, ainsi que Louis, futur duc de Bourbon et trois autres jeunes gens : Charles d'Artois et deux des frères de la reine Blanche de Navarre : Philippe et Louis. Mais l'essentiel de la fête serait l'élévation à l'ordre de l'Etoile de dix-huit des plus valeureux d'entre tous.

Dès que les cloches eurent sonné le milieu de la nuit, le roi et la reine se retirèrent, et Geoffroy en fit autant avec Jeanne.

Le jour de l'Epiphanie, la maisonnée était en ébullition et le gâteau des rois familial n'était pas le sujet du jour. On laisserait aux valets et à Alaïs le soin de le partager avec les enfants, sans oublier la part du pauvre (1).

Geoffroy était parti de bon matin. Les rues étaient encombrées aux abords du palais de Clichy par la foule des invités qui se rendaient à la cérémonie. Le château dressait dans la plaine ses deux grosses tours. Elle commença par une messe. La chapelle Saint George du palais, qui avait été agrandie et embellie à cette occasion et rebaptisée Notre Dame de l'Etoile, était pleine à craquer. Le roi était assis à droite du cœur sur un trône sculpté protégé par un dais de velours bleu brodé de fleurs de lys d'or. Les dix-huit postulants à l'Ordre se tenaient devant le cœur dans un alignement parfait, les jeunes futurs adoubés étaient au deuxième rang, puis venaient les nobles et les courtisans richement vêtus, en rangs serrés jusqu'au fond de l'Eglise. Au moment de l'Eucharistie, un rayon de soleil traversa les vitraux du cœur, et tout le monde reçut cette lumière divine comme une bénédiction et un présage de bonne fortune.

Puis les participants se rendirent en procession à travers les jardins jusqu'à la grande salle du palais de Clichy, le roi et les chevaliers montés sur leurs palefrois magnifiquement harnachés, pour que tout le monde puisse les acclamer, s'en allèrent cavalcader devant les princesses et les dames exclues de la fête, car c'était une affaire d'hommes, le reste du cortège suivant à pied. Ils descendirent de cheval à quelque distance du lourd portail de bois sculpté dont les deux battants étaient grands ouverts, et marchèrent lentement jusqu'à l'entrée du palais sur un épais tapis longé d'une haie de flambeaux, au son des buisines (2).

Le roi entra. Les chevaliers de l'Ordre suivaient par deux, le visage grave. En premier venaient le Dauphin et le Duc d'Orléans, frère du roi, puis Geoffroy aux côtés du grand maître de l'Hôtel Jean II, vicomte de Melun, comte de Tancarville, cinq de ses chambellans, Robert de Wavrin, et quatre chambellans du dauphin, tous magnifiques dans leurs manteaux vermeil ornés de l'étoile d'or.

Derrière, les rangs des jeunes futurs chevaliers étaient un peu plus dissipés. On riait sous cape de nervosité, et la ligne de la colonne n'était pas vraiment tirée au cordeau.

Ce manoir sans fortifications, édifié au début du siècle, était conçu pour les plaisirs et les distractions, et pour l'occasion avait retrouvé ses fastes d'antan grâce au décorateur Girard d'Orléans. Dans la grande salle d'apparat éclairée par de nombreuses fenêtres et pourvue de sept cheminées, il avait fait disposer de beaux meubles sculptés et ajourés, incrustés d'ivoire et d'or. Les murs étaient tendus de toiles d'or et d'argent. Sur un fond de velours semé d'étoiles et de fleurs de lys d'or étaient exposées les armoiries des chevaliers, chaque blason accroché au mur derrière la place qui lui était réservée. Les courtisans, qui ne connaissaient pas tous le lieu, ne cessaient de s'émerveiller devant la richesse et la magnificence de la décoration.

Une estrade avait été installée à un bout de la salle, avec un trône semblable à celui du palais surmonté d'un dais rouge orné d'une grande étoile d'or. A l'autre bout, une autre estrade supportait une table d'honneur recouverte d'une nappe blanche et décorée de guirlandes, où s'installeraient les chevaliers de l'Ordre autour du roi pour le banquet.

Le roi se plaça sur son trône avec son sceptre et on disposa un coussin de velours sous ses pieds, tandis que les chevaliers s'asseyaient sur des faudesteuils ouvragés et dorés au pied de l'estrade.

Le Grand Chambellan étant promu à l'Ordre, le roi prit la parole lui-même. Le discours n'en était que plus marquant. Il s'agissait de célébrer le renouveau de l'armée française et ses plus valeureux éléments. L'Europe entière devait trembler devant la puissance militaire française et l'élite de ses chevaliers.

Puis il appela un par un les chevaliers élus. Chacun devait prêter serment un genou en terre. La liste des engagements était si longue que Geoffroy en eut des crampes. Entre autres il devait jeûner tous les samedis ou à défaut faire l'aumône, renoncer à appartenir à tout autre confrérie, participer à la réunion annuelle de l'Ordre, faire preuve de bravoure et jurer de ne pas reculer devant l'ennemi de plus de quatre arpents (3).

Le roi posa son épée d'apparat sur chacune de ses épaules, puis le releva, lui donna l'accolade et lui remit un anneau d'or au chaton étoilé, gravé à son nom ainsi qu'un collier d'or et d'émail portant une étoile. Après chaque adoubement, les hérauts faisaient sonner la buisine.

Après un temps infini suivit l'adoubement de presque une centaine de nouveaux chevaliers. Sous leur manteau d'apparat, certains étaient encore presque des enfants sans expérience. Geoffroy espéra que tous ceux qui relaieraient cette journée mentionneraient seulement le faste et la puissance, et oublieraient de dire que ce vernis cachait une armée de jouvenceaux.

Le dernier des chevaliers reçut son accolade, et le roi invita l'assemblée à prendre part au banquet. Geoffroy et les chevaliers de l'Etoile furent conviés à la table d'honneur sur l'estrade, quelques centaines d'invités se répartirent sur des tables montées dans la salle, et le reste du public s'égailla dans les jardins où avaient été dressés des buffets de friandises et des fontaines à vin. Geoffroy était partagé entre la fierté de cette reconnaissance de son talent militaire et de sa bravoure, et un fâcheux pressentiment. Cette fête était trop retentissante, avait coûté trop cher, et le lendemain au lever du soleil l'armée ne serait pas mieux organisée qu'hier. C'était un travail de longue haleine qu'il avait mis en route, et dont les résultats ne se verraient sans doute pas avant plusieurs années. Il était las de s'échiner à un travail de fond pendant que le roi ne s'occupait que de paraître. Il décida de partir à Lirey avec sa famille.

Alors que l'heure avançait, la solennité du début s'évaporait progressivement. Les échansons remplissaient les hanaps avec ardeur, et bientôt les chevaliers blancs et vermeils furent saouls comme des cochons, se mirent à brailler des chansons à boire et des insanités, commencèrent à faire des paris stupides à qui viderait cul-sec le plus de hanaps, s'envoyèrent à la figure la nourriture et la vaisselle d'or et d'argent ou la broyèrent entre leurs poings en guise de défi, puis bon nombre de ces preux sortirent en hâte pour vomir et revenir, leurs précieux habits maculés, poursuivre la fête. Au bout d'un moment, même les valets étaient ivres.

Les deux clercs chargés de rapporter l'événement pour la postérité restaient la plume en l'air au-dessus de leur parchemin et la bouche ouverte de stupéfaction, puis après s'être concertés inventèrent un compte rendu édulcoré plus digne de rentrer dans l'Histoire (4).

NOTES POUR LE CHAPITRE 14

5. La part du pauvre : traditionnellement on découpait le gâteau des rois en une part de plus que le nombre de convives, qui était réservé au premier nécessiteux qui se présenterait à la maison. Cette tradition perdure encore dans certaines régions.

6. Buisine : longue trompette droite.

7. Quatre arpents : environ 230 mètres. Les chevaliers respectèrent cette clause avant tant de loyauté qu'elle causa la mort de plusieurs dizaines d'entre eux qui refusèrent de se replier devant l'ennemi.

8. La fête de l'Etoile s'est réellement terminée en beuverie.

DEUXIEME PARTIE

Chapitre 15

Jeanne partit pour Lirey quelques jours après la fête de l'Epiphanie. Comme le roi l'avait souhaité, la nouvelle de cette fastueuse célébration se répandit rapidement jusqu'aux campagnes, mais les critiques enflaient sur son luxe extravagant. Elle envoya à Geoffroy des nouvelles assez bonnes. Les enfants avaient repris des couleurs, le petit Geoffroy montait à cheval et s'entraînait dur à l'épée de bois. Les récoltes étaient moyennes, on avait oublié la peste.

Geoffroy, resté seul à Paris, travaillait avec acharnement pour terminer son livre, dont il dictait le texte à ses clercs, et le roi l'envoyait fréquemment en mission diplomatique en Bretagne où il menait les négociations avec les Anglais pour la succession de la région. Malgré ses tentatives de résolution pacifique du conflit, le roi de France, qui n'était plus à une bourde près, avait relancé les hostilités. Une bataille avait eu lieu à Mauron le 14 août opposant une armée anglo-bretonne du parti de Jean IV de Montfort à une armée franco-bretonne soutenant Charles de Blois. Plusieurs dizaines de chevaliers, dont quinze Chevaliers de l'Etoile, y avaient laissé la vie pour honorer leur promesse de ne pas reculer devant l'ennemi. La fête de l'Etoile prévue par les statuts le lendemain, fête de la Vierge, avait été annulée. Geoffroy en fut très abattu.

Trois semaines plus tard, le jour de la Nativité de la Vierge le huit septembre, cette fois en Gascogne, le comte de Stafford l'emporta sur les Français. Sept autres chevaliers de la compagnie de l'Étoile tombèrent sur le champ de bataille pour n'avoir pas voulu battre en retraite. La Vierge elle-même s'était détournée du destin de l'Ordre et Geoffroy en conçut une amertume d'autant plus grande que le roi semblait lui en tenir grief. A la suite de ces revers, l'Ordre de l'Etoile s'évanouit et même les chevaliers restants n'osaient plus porter les insignes.

Bien qu'il écrivît sur l'art de la joute, des tournois et de la guerre, Geoffroy n'avait pas participé à l'une ni aux autres depuis un moment, il s'amollissait et en se sentant vieillir, préférait de beaucoup résoudre les conflits par la négociation plutôt que sur un champ de bataille. On était toujours en guerre mais grâce à une trêve fragile les affrontements avaient cessé pour un temps, chaque camp pansait ses blessures et remontait son armée en vue des prochaines campagnes.

A la fin de l'année 1352, une solution était trouvée pour la Bretagne. Geoffroy, retourné à Saint Omer, avait proposé une alliance entre les deux familles belligérantes par mariage, et ce n'était plus qu'une question de marchandage. Le roi d'Angleterre réclamait beaucoup d'argent en échange de sa reconnaissance de Charles de Blois comme duc de Bretagne, mais le principal était fait (1), et Geoffroy demanda au roi la permission de se retirer dans ses domaines tout en continuant à honorer ses missions.

La réponse traîna un peu. Il tournait en rond dans sa garnison, occupé à peaufiner son livre entre deux prières. Puis début décembre, le roi l'informa qu'il pouvait rejoindre sa châtellenie à condition de se rendre disponible à tout moment sur sa demande.

Il ne se le fit pas dire deux fois. Il repartit pour Paris, demanda à ses clercs de faire copier son texte et de s'occuper d'en faire un ouvrage. Contrehastier veillerait à trouver un parcheminier qui fournirait le cuir de veau le plus fin, et s'adresserait à un monastère possédant un scriptorium pour le faire copier et enluminer. Geoffroy espérait que son clerc veillerait à vérifier le sérieux du travail, car il arrivait fréquemment que des moines facétieux ajoutent des notes ou des dessins humoristiques inconvenants à leur ouvrage.

Quelques jours plus tard, il envoya une nouvelle demande au Pape Clément VI à Avignon pour la fondation de son église et il rassembla quelques bagages. Il partit seul avec Ancelin et un cheval bâté qui portait le chargement, et laissa comme à l'accoutumée la maison aux bons soins d'Alaïs. Il rendit la maison de la rue des Prouvaires puisque Jeanne avait emmené avec elle la majorité de ses gens, et relogea le sculpteur Marco dans la soupente rue de la Chanverrie.

Les dernières lieues furent les plus pénibles. Il faisait un froid de gueux. Les champs n'étaient qu'une étendue de boue dure et froide, et les arbres dardaient leurs fourches noires dans un ciel couleur de fer. Lorsqu'il gravit la petite butte qui menait à la maison forte construite sur le sommet, il eut vraiment le sentiment de rentrer chez lui. Il franchit le pont levis qui enjambait le fossé. Les lourdes portes de bois étaient grandes ouvertes, il faut croire qu'on ne craignait pas grand-chose cet hiver-là. Il arriva dans la vaste cour ceinturée d'un mur à créneaux en pierre de craie. La grande maison flanquée d'une tour se dressait au milieu de l'enceinte. Tout autour, adossés au mur, on trouvait les communs, la grange, l'écurie, les clapiers et l'enclos des poules, la ferronnerie et le grand four à pain qui servait à tout le village les jours de préparations de fêtes. Geoffroy se dit que dès que son église serait construite, il ferait édifier une nouvelle aile à son petit château, en pierre des carrières de Montgueux.

Quand il mit pied à terre dans la cour, devant le logis, toute la maisonnée accourut pour l'accueillir avec des éclats de joie. Le petit Geoffroy avait forci et il se retrouvait dans ses traits et sa carrure, et la petite Charlotte emmitouflée dans son lourd manteau était mignonne comme sa mère. Jeanne avait quitté ses beaux atours parisiens et était vêtue d'une confortable mais seyante cotte-hardie de laine et d'une cape doublée de fourrure.

Ancelin emmena les chevaux à l'écurie pour qu'ils ne prennent pas froid. Geoffroy pris son fils dans ses bras et entra dans la maison. Il y faisait sombre et humide au rez-de-chaussée, ses éperons claquaient sur les dalles de pierre. Il monta par l'escalier de la tour, suivi de Jeanne et Charlotte. Un bon feu crépitait dans la cheminée arrondie au coin de la salle au premier étage. Il prit place au bout de la longue et épaisse table de bois qui trônait au milieu de la pièce. Un valet lui apporta du pain et du fromage avec un pichet de vin, et il s'entretint avec Jeanne des nouvelles de la région.

Il aimait vraiment cette maison. Elle était vieille et son confort plus rustique que celle de Paris, mais ici il était le châtelain. La salle était réchauffée par quelques tapisseries et les autres murs étaient peints d'entrelacs de verdure et de fleurs. Elle contenait peu de meubles à part la grande table et ses huit chaises: une chaire disposée devant la cheminée sur une couverture de fourrure usée où le chien aimait se coucher, deux faudesteuils, un dressoir et deux coffres contre les murs. Un grand placard dans le mur permettait de ranger le reste de la vaisselle. Au fond de la salle, une porte à linteau donnait sur la chambre du maître attenante à une petite étuve et une pièce de rangement, et de l'autre côté une porte donnait sur plusieurs pièces dont l'étude et les chambres des enfants. Geoffroy avait fait remplacer dix ans plus tôt les petites fenêtres à châssis de toile huilée par des fenêtres à meneaux (2) garnies de cives montées au plomb (3), l'un des seuls luxes de la demeure.

Après sa collation, il demanda qu'on lui prépare un bain dans l'étuve et il se coucha tôt dans une chemise propre et un lit bassiné. Il se réveilla un homme neuf le lendemain et décida malgré le froid de faire le tour de ses terres. Il fit seller son cheval et partit avec deux valets pour Villery, puis Saint Jean de Bonneval où il comptait assister à la messe. La terre gelée était dure sous les sabots sur la voie romaine, et ils évitaient les passages où restaient quelques pavés pour que les chevaux ne glissent pas. A Saint Jean, le curé leur apprit que le pape était mort la semaine précédente. Le pontife, érudit diplomate ami du roi Philippe VI était âgé et de santé précaire. Souffrant de la goutte, Il était toujours entouré de médecins. Alité depuis l'automne et ravagé par la fièvre, il avait appelé à son chevet le célèbre médecin Guy de Chaulhac accouru depuis Montpellier, qui n'avait pu que constater que cette fois, des calculs rénaux qui provoquaient des abcès purulents lui seraient fatals.

Le dix-huit décembre de cette année 1352, le cardinal-évêque d'Ostie Etienne Aubert, ancien conseiller du roi Philippe VI, connu pour être économe, frugal et tatillon, était monté sur le trône pontifical. Encore plus âgé que son prédécesseur, il aurait peut-être des choses plus urgentes à traiter que l'édification d'une petite église de campagne.

Geoffroy se joignit au recueillement et aux prières pour l'âme du défunt pape et le succès du nouveau, mais en son for intérieur il se disait qu'il avait maintenant peu de chances de recevoir une réponse à sa requête pour la construction de son église.

Les fêtes de Noël de cette année-là furent à la hauteur de ce que Jeanne avait espéré l'année précédente. Tout le village prit part aux festivités. En rentrant fourbu et glacé de la messe à Saint Jean de Bonneval, Geoffroy avait de plus en plus hâte que son église soit bâtie.

Il dut repartir à Paris dans le courant du mois de janvier pour assister au Conseil. A son retour, il constata avec abattement qu'il n'avait toujours pas reçu de réponse du pape. Il décida d'adresser en attendant une requête à l'Abbé de Montier-la-Celle (4), Aymeric Orlhuti, collateur de la cure de Saint-Jean-de-Bonneval (5). Pour faire bon poids, il la porterait lui-même, et en profiterait pour visiter quelques amis dans la région et leur faire part de son projet, il fallait qu'il commence à chercher un architecte et des matériaux pour son église, et aussi à faire savoir dans les environs que la collégiale aurait besoin de quelques chanoines.

Il partit quelques jours plus tard après avoir rédigé sa demande, escorté de son fidèle Ancelin. Il fut rapidement en vue des remparts de Troyes, distante seulement de cinq lieues, d'où dépassait la flèche de la cathédrale (5), traversa le petit pont qui enjambait les fossés et franchit le pont levis de la porte de Croncels après avoir payé le droit de passage. Il remonta la rue du Temple (6) jusqu'à l'église Saint Jean au Marché en passant devant la commanderie du Temple désaffectée (7). Même en dehors des périodes de foires, la Place du Marché au Pain sur le côté de l'église était toujours animée. C'était le quartier des foires de Champagne (8). Du temps où Troyes était la capitale d'une grande province prospère, au siècle précédent, la foire s'étalait vers l'ouest jusqu'à la porte du Beffroi et la porte Torchepot, qu'on appelait encore la porte du Bourreau, car les potences pour les exécutions capitales étaient érigés sur la place du Marché au Blé (9). L'Eglise saint Jean était le lieu des merciers, dans la rue adjacente on pouvait voir les orfèvres dont certains vendaient des bijoux exotiques venus de Terre Sainte, de l'autre côté la rue de l'Epicerie où s'échangeaient des produits aux odeurs inconnues (10). Tous les étals des exposants se regroupaient par profession dans les rues environnantes. Des marchands de plusieurs nationalités, souvent Flamands ou venus de Lombardie en Italie du Nord vendaient des produits qui venaient de toute l'Europe ou même de pays lointains d'Asie comme la soie, les épices et les produits aromatiques avec lesquels on fabriquait des parfums, comme la myrrhe et l'encens.

Geoffroy se souvenait des tentes des drapiers qui regorgeaient de tissus multicolores, de la foule compacte et bruyante au milieu de laquelle il fallait jouer des coudes pour passer. Les foires d'aujourd'hui n'étaient qu'un pâle reflet des gloires passées et on y trouvait maintenant surtout des produits de la région. D'autres commerçants avaient préféré s'installer et ils avaient ouvert boutique. Ils commandaient et se faisaient livrer les marchandises lointaines en prenant moins de risques.

Il continua en direction de l'évêché. Il tenait à saluer l'évêque Jean II d'Auxois (11) par correction et à l'informer de sa démarche. Il aurait aimé aussi échanger quelques idées sur les noms des chanoines qui pourraient être attachés à son église. En charge depuis dix ans, cet homme bon et consciencieux saurait le conseiller.

Il traversa le Ru Cordé (12) par le pont de la Girouarde et longea le palais des Comtes jusqu'à la cathédrale. Il s'attarda un moment sur le parvis devant la grosse tour romane. Il n'était pas venu dans ce quartier depuis plusieurs années, mais les travaux de construction de la cathédrale ne semblaient guère avoir avancé. Il avisa des chanoines qui roulaient des fûts depuis une charrette de l'autre côté de la place pour les renter dans le bâtiment du chapitre (13). Il mit pied à terre et laissa son cheval aux bons soins d'Ancelin, chargé d'aller demander aux chanoines où il pourrait le faire boire, et entreprit par curiosité de faire le tour de la cathédrale. Il partit sur la gauche par la rue du Pont-Ferré (14).

Elle avait piètre figure. La moitié avant était toujours résolument romane, massive et sombre avec sa grosse tour carrée surplombant l'unique portail. La moitié arrière disparaissait jusqu'au transept sous des échafaudages poussiéreux et abandonnés, mais on y voyait dépasser haut dans le ciel une dentelle de pierre prometteuse et une moitié de rosace magnifique. Le chantier avait été déserté depuis le début de la guerre, et la main d'œuvre décimée par la peste manquait autant que l'argent pour continuer les travaux. Le portail nord du transept était dégagé et richement sculpté. Le chœur était terminé, ses vitraux comme autant de pierres précieuses scintillantes, serties dans leur monture d'un blanc immaculé.

On aurait pu croire qu'on avait rabouté deux morceaux d'églises qui n'allaient pas ensemble. Il retourna sur ses pas et entra dans la cathédrale pour se recueillir un moment. La porte franchie, le spectacle était attristant. La nef romane sombre s'arrêtait brusquement au transept, presque deux fois plus haut de plafond, traversé de courants d'air glacés et de rayons de soleil acérés qui passaient par les fenêtres inachevées. Des bâches mal accrochées volaient çà et là, tout était couvert de poussière de craie. Les statues accrochées aux piliers étaient voilées, les autres avaient sans doute été mises à l'abri.

Mais au moment où il contemplait le fond de l'église, une vision céleste le saisit : l'abside illuminée par le soleil qui passait à travers les vitraux semblait animée d'une lumière intérieure, et un rayon oblique tombé du ciel percuta le centre du crucifix d'argent placé sur le maître-autel, se répercutant alentours avec une puissance inouïe en éclaboussant le chœur de ses multiples éclats de lumière divine.

Troyes d'autrefois. Porte de Croncels, détruite en 1806.

NOTES POUR LE CHAPITRE 15

1. Le traité de Westminster est signé le 1er mars 1353 entre Jean le Bon et Édouard III d'Angleterre et met fin à la première phase de la guerre de Cent Ans. Il prévoit la reconnaissance par le roi d'Angleterre de Charles de Blois comme duc de Bretagne, en échange d'un versement de 300 000 écus et de la signature d'une alliance perpétuelle entre la Bretagne et l'Angleterre, concrétisée par l'union future du fils de Jean de Montfort avec la fille du roi Édouard III.

2. Meneau : traverse de pierre en croix qui soutient une fenêtre et renforce sa solidité. Apparu au XIVe siècle.

3. La cive est une pièce de verre circulaire avec un téton en son centre qui ressemble au rond plat d'un pied de verre. Un disque est obtenu par soufflage et modelage. Au Moyen-âge, la cive est utilisée pour élaborer des vitres « montées aux plomb ». Les châteaux-forts sont les premières bâtisses à bénéficier de cette technique. La vitre ainsi fabriquée est solide par l'épaisseur du verre et son armature. La première verrerie à vitre en France naît en 1330 à Bézu-la-Forêt dans l'Eure et les feuilles de verre plates sont inventées par Philippe Cacqueray, noble « gentilhomme verrier » qui reçoit ce privilège par le roi Philippe VI.

4. L'abbaye de Montier la Celle a été fondée vers 650, par Saint Frobert, sur un site appelé l'Ile Germaine (actuel territoire de Saint André les Vergers, le village n'existait pas encore) avec une église dédiée à Saint Pierre et un petit nombre de moines. La ville de Troyes comptait un très grand nombre d'établissements religieux.

Au fil des années, l'abbaye devint l'une des plus riches de France en recevant des revenus fonciers, et des dotations des papes ou des évêques, et créa des prieurés et des églises dans la région.

Elle comptait parmi ses rangs des personnages illustres (sept de ses abbés deviendront évêques de Troyes), formait des théologiens, des historiens et des philosophes, possédait un scriptorium renommé (atelier de moines copistes) et devint l'une des plus importantes abbayes de France en terme de renommée.

Sa période de déclin s'annonça dès le début de la guerre de cent ans avec la réduction de ses revenus, mais elle se maintint jusqu'au dix-huitième siècle. Après une nouvelle période de régression, elle fut démantelée après la révolution française dans un contexte de déchristianisation. Les reliques furent transférées à l'Eglise de Saint André et le mobilier fut vendu.

5. Aimery (ou Aimeric) II Orlhuti a été l'abbé de l'abbaye de Montier la Celle de 1348 à 1356 et collateur de la cure de Saint Jean de Bonneval. Le collateur était en quelque sorte le directeur administratif et financier de la paroisse. Il avait le devoir de la défendre, d'assurer son entretien, et en contrepartie non seulement il présentait le candidat à la cure vacante, mais encore il percevait les deux tiers et quelquefois la totalité de la dîme.

6. La flèche de la cathédrale de Troyes, achevée en 1310, fut détruite par une tornade en 1365. Reconstruite en 1437, elle s'effondra à nouveau, frappée par la foudre.

7. Rue du Temple : actuelle rue du Général Saussier.

8. C'est le collège Saint François de Sales qui se trouve aujourd'hui à l'emplacement de l'ancienne commanderie du Temple. L'ordre des templiers avait été dissout en 1312. Le bâtiment de la commanderie brula lors du grand incendie du 24 mai 1524 qui détruisit 3000 maisons. Laissé en ruines, il fut vendu au XVIe siècle.

9. Foires de Champagne : Deux foires par an se déroulaient à Troyes : la foire chaude de la saint Jean (juillet-août) et la foire froide de la Saint Rémi (octobre-novembre). L'âge d'or des Foires de Champagne dura jusqu'au XIIIe siècle. Ensuite, la reprise des conflits militaires dans la région rendit les routes peu sûres et dissuada les marchands de sillonner la Champagne. Ils commencèrent à privilégier le transport maritime bien que plus lent. Par ailleurs, la création de nouvelles routes dans les Alpes Suisses qui reliaient l'Italie du Nord au pays du Rhin, permit d'acheminer plus rapidement et sans passer par la Champagne les marchandises italiennes ou celles du bassin méditerranéen qui transitaient par l'Italie vers des villes importantes et riches comme Bruges.

Il faut ajouter à ces raisons le fait que la Champagne perdit son autonomie en 1284, étant rattachée à la France par le mariage de Jeanne de Navarre, héritière de Champagne, avec Philippe le Bel. Le roi profita de la richesse de la région pour alourdir les taxes pesant sur les marchands afin de remplir ses caisses et financer ses guerres.

10. Place du marché au Blé : deviendra la place de la Bonneterie, puis place Jean Jaurès.

11. Rue de l'Epicerie : actuelle rue Emile Zola.

12. Jean II d'Auxois, évêque de Troyes de 1342 à 1353. Il accepta la charge d'évêque d'Auxerre après Pâques 1352 et rejoignit sa nouvelle charge à partir d'août 1353.

13. Ru Cordé (ruisseau): à l'emplacement de l'actuel canal de la Préfecture suivi du canal du Trévois. Au moyen âge, il était alimenté par la Vienne et plusieurs autres sources, auxquelles on adjoignit un détournement de la Seine pour alimenter le Palais des Comtes de Champagne en eau. Ses abords devinrent la rue la plus prestigieuse de la ville, bordée par de beaux bâtiments. Il était également supposé assurer une réserve d'eau en cas d'incendie.

14. Cellier Saint Pierre, en face de la cathédrale. Ce bâtiment du XIIIe siècle qui était sans doute le chapitre des Chanoines existe encore aujourd'hui.

15. La rue du Pont-Ferré a été englobée par la suite dans la rue de la Cité.

Chapitre 16

Geoffroy s'avança vers le chœur et s'agenouilla pour une courte prière, puis rejoignit Ancelin et ils retraversèrent la place en menant les chevaux par la bride pour entrer dans l'enceinte de l'hôtel épiscopal sur la droite de la cathédrale. La longue maison en pans de bois à deux étages leur faisait face au fond de la cour encombrée d'un amoncellement de pierres taillées prêtes à être appareillées, abandonnées en attendant la reprise des travaux de construction de la nouvelle nef depuis un temps assez long pour que des herbes folles poussent çà et là dans les interstices.

Geoffroy, qui ne s'était pas annoncé, espérait que l'évêque n'était pas parti se retirer dans l'une de ses résidences campagnardes. Le Ciel était de son côté : son éminence était restée en son évêché, plus facile à chauffer. Il était en train de prendre une collation et fit introduire Geoffroy dans sa salle à manger. Assis au bout de la longue table de chêne, Il portait un bonnet de feutre qui lui couvrait bien les oreilles, et seules ses mains dépassaient de son manteau, quand il piochait des morceaux de jarret bouilli sur son tranchoir. Un bon feu rougeoyait dans la vaste cheminée. Geoffroy fut content de le trouver seul. Il s'agenouilla, l'évêque lui tendit une main grasse de sauce sur laquelle il baisa l'anneau épiscopal, puis Jean l'invita à s'asseoir près de lui.

Les deux hommes se connaissaient bien et entretenaient une estime réciproque. Geoffroy n'était pas qu'un petit seigneur campagnard mais une personnalité locale d'importance. Il était reconnu comme l'un des plus preux chevaliers du royaume, fin diplomate, conseiller du roi Jean, et le roi précédent, père de l'actuel, lui avait fait cadeau en marque d'amitié et de reconnaissance de reliques inestimables pour sa future église, qui n'étaient pas des restes d'un obscur Saint de seconde zone, mais rien moins qu'un long cheveu blond de la Vierge et un morceau de la Vraie Croix gros comme une lentille, que Geoffroy avait précautionneusement enterrés sous le carrelage de la petite chapelle au rez-de-chaussée de sa maison forte, dans laquelle il se retirait pour prier plusieurs fois par jour.

Après avoir résumé rapidement ses pérégrinations des dernières années, il en vint à exposer les quelques difficultés auxquelles il devait faire face pour l'élévation de son église, toutes les autorités auxquelles il envoyait ses requêtes ayant une fâcheuse tendance à décéder avant de lui avoir répondu, ou bien à être appelées à de nouvelles tâches qui les orientaient vers d'autres intérêts. D'où la démarche directe auprès de l'abbaye de Montier-la-Celle qu'il s'apprêtait à faire, en attendant mieux, qui lui permettrait de donner corps au projet afin que, dès l'autorisation du Pape acquise, le premier coup de pioche fût donné sans délai.

L'évêque l'écouta, recueilli, les yeux baissés, à moins qu'une digestion difficile n'ait entamé ses facultés d'écoute, puis, après un moment de silence, se racla la gorge.

- Mon fils, Notre Seigneur semble avoir mis sur ton chemin des obstacles à franchir pour ton salut. J'ai moi-même accepté il y a plusieurs mois la charge d'évêque d'Auxerre que je dois rejoindre cet été. Mais je peux te donner quelques conseils, et sois assuré que mon successeur, si comme je l'imagine il s'agit d'Henri de Poitiers, verra sous le meilleur jour l'édification d'une collégiale dédiée à la Vierge sur tes terres de Lirey.

Il faut dire que les églises poussaient dans la région comme des pissenlits dans une lapinière, et que les établissements religieux occupaient autant de terrain dans l'enceinte de la ville de Troyes que les maisons d'habitation. Le futur évêque d'Auxerre ne fut pas avare de conseils destinés à aider Geoffroy à faire un succès de sa nouvelle église au détriment de celles de Troyes, pour qu'on puisse constater en haut lieu que son départ était une perte pour la ville.

- Mon fils, comment vas-tu subvenir aux besoins d'une collégiale ? Les revenus que tu me décris me semblent bien modestes pour l'entretien de six chanoines. Il faudra les loger, les nourrir, les vêtir, leur procurer du parchemin et de l'encre, une charrette et des mules….

- Monseigneur, je compte sur les offrandes des fidèles pour compléter ces revenus.

- Mais te rends-tu compte du nombre d'églises, de basiliques et d'abbayes que compte déjà la ville ? Penses-tu que les fidèles auront envie de parcourir quatre lieues en rase campagne pour aller se recueillir dans une petite église, après avoir laissé des offrandes et acheté des indulgences à Troyes ? Qui sait seulement que Lirey existe ?

- Nous sommes proches de la voie romaine, Monseigneur, des pèlerins et des marchands y passent. Et mon église sera dotée des précieuses reliques que m'a données le roi Philippe.

- Tss tss... Comment vas-tu rivaliser de notoriété dans ton église en bois avec la Saine Epine de la couronne du Christ, le crâne de Saint Bernard et la dent de Saint Pierre que nous possédons ici ? Et même dans notre bonne ville de Troyes, la guerre et la peste ont bien réduit le nombre des visiteurs et la plupart ont des chardons dans la bourse. Il te faudrait une relique propre à attirer de nombreux fidèles (2).

- Je vais y penser Monseigneur.

- Je vais prier pour que ton église sorte de terre rapidement, et j'en parlerai à l'abbé Orlhuti. Va en paix mon fils.

Après une courte bénédiction dispensée par l'évêque sous forme d'un signe de croix à la sauce de bœuf, Geoffroy se leva et prit congé.

Il rejoignit Ancelin qui l'attendait dehors avec les chevaux. Ils remontèrent vers l'est de ville, par la rue de l'Epicerie, puis en sortirent par la porte Torchepot, toujours très fréquentée et encombrée de mendiants qui attendaient que les passants sortent leur bourse afin s'acquitter du péage pour réclamer quelques piécettes. Ils éperonnèrent en direction de l'Ile Germaine. La terre s'amollissait sous les sabots des chevaux et il fallait prendre garde à ne pas quitter le chemin dans cette zone boisée émaillée de marécages, bien qu'il fût encombré de charrettes chargées de marchandises, de cavaliers et de piétons. On reconnaissait aisément chacun à leur mise les livreurs, les clercs et les étudiants.

Même si depuis de nombreuses années elle attirait moins de monde et avait souffert de la guerre, Montier la Celle restait l'une des plus importantes et les plus riches abbayes de France. On y étudiait le latin, la philosophie, l'histoire et la théologie avec des professeurs qui n'avaient rien à envier à ceux de Paris. Un village s'était construit aux abords de l'abbaye pour loger les étudiants, les serfs et les laïcs qui s'occupaient du bétail, des potagers et des vergers, et tous les corps de métier qui travaillaient pour les moines. Il s'étendait peu à peu vers le sud, sur la pente d'une colline où le sol était plus solide et plus sain.

Bientôt ils longèrent le long mur d'enceinte duquel dépassait le clocher, et se joignirent au petit attroupement qui patientait au portail, car on n'entrait pas dans ce lieu saint comme dans un moulin. Le frère tourier avait bien du travail.

L'enceinte de l'abbaye n'était pas moins encombrée. On était loin du recueillement propice à l'élévation de l'âme. Un âne rétif s'était mis à braire, refusant de faire un pas de plus avec sa charrette chargée de de ballots, et avait provoqué un bouchon. Tout le monde râlait derrière, et les plus forts commencèrent à pousser la charrette. Bientôt l'âne se trouva malgré lui poussé vers l'avant, et vexé renonça à se plaindre. La foule débloquée afflua bientôt au milieu de la cour déjà grouillante de frères lais, d'artisans et de livreurs. Les longs bâtiments de bois des communs étaient neufs pour la plupart, et on voyait encore sur l'église les traces de l'incendie provoqué par les Anglais pendant un raid quelques années plutôt. Une activité bruyante et colorée animait le côté séculier : cuisine, réfectoire, brasserie, fromagerie, caves, magasins à provisions, boulangerie, écuries, granges, où tout le monde s'interpelait, tandis que de l'autre côté, des clercs des moines et des étudiants se dirigeaient en silence et d'un pas mesuré vers la partie spirituelle de l'abbaye.

Ils se présentèrent à l'aumônier. Malheureusement l'abbé ne pouvait pas les recevoir. Ce n'était pas une mince affaire que d'être chargé de la direction spirituelle et matérielle d'une abbaye qui comptait plusieurs centaines de personnes. L'aumônier leur proposa de rencontrer le camérier qui aurait partie dans l'étude financière de la demande. Mais Geoffroy, déçu de constater comme il était difficile de rencontrer un abbé alors qu'il s'était entretenu tranquillement un peu plus tôt en tête à tête avec un évêque, confia sa demande écrite détaillée à l'aumônier et ils s'en retournèrent à Lirey.

NOTES POUR LE CHAPITRE 16

1. Reliques : au moyen âge les églises se doivent de posséder de saintes reliques pour attirer des fidèles, dans un but aussi bien dévotionnel que lucratif, car les visiteurs remettaient des offrandes pour le salut de leur âme, leur protection, pour favoriser les récoltes ou encore la fécondité. Les reliques étaient considérées comme des talismans, qui avaient un pouvoir surnaturel par elles-mêmes.

Les reliques sont des morceaux de la dépouille des saints ou tout autre objet qui leur appartenait ou avec lequel ils ont été en contact. Elles pouvaient aussi avoir leur spécialité, contre le mal de dent ou l'infertilité. Cet engouement donna lieu à un juteux trafic dès l'époque des Francs.

Au début du IXè siècle, ce commerce était organisé sous l'égide d'un diacre de l'Eglise Romaine, Deusdonna, pour exploiter la dévotion naïve des fidèles et leur faire payer cher des ossements douteux. Plus tard, tous les croisés avaient envie de rapporter leur relique de Terre Sainte comme aujourd'hui on rapporterait une petite tour Eiffel de Paris et on pouvait en acheter sans problème dans des villes comme Constantinople au XIIIè siècle, bien que le commerce en fût prohibé. Le clergé fournissait des certificats d'authenticité à tour de bras.

Chaque église voulait sa relique plus ronflante que la voisine et même les princes finirent par acheter n'importe quoi (Le pape Clément VI écrivit à la princesse Isabelle de France qui venait en 1268 d'acheter un crâne de Saint Paul, pour lui rappeler que le seul authentique reposait à Rome).

Au XVIe siècle, le théologien Érasme évoque ironiquement le nombre de bâtiments qui auraient pu être construits à partir du bois de la croix utilisée dans la crucifixion du Christ. De même, alors que des experts argumentent pour savoir si le Christ a été crucifié avec trois ou quatre clous, plus de 30 « saints clous » continuent à être vénérés comme des reliques à travers l'Europe. On peut également citer les deux têtes (déclarées authentiques par le Vatican), et les 32 doigts de saint Pierre, les 12 têtes et 60 doigts de saint Jean, les 15 bras de saint Jacques, les 30 corps de saint Georges, les 8 bras de saint Blaise, 11 jambes de saint Matthieu, 14 saints prépuces et de nombreux morceaux du cordon ombilical de Jésus-Christ).

Le trafic impliquait également le vol de reliques, par le raisonnement qu'il vaut mieux se procurer une relique à l'authenticité attestée quel qu'en soit le moyen plutôt que d'acheter une relique d'origine incertaine. Les reliques les plus précieuses étaient gardée militairement nuit et jour.

2. Les fidèles achètent aussi des indulgences pour racheter leurs péchés, qui leur évitent de faire pénitence. (on peut même acheter d'avance des indulgences pour des péchés pas encore commis !) Les fonds récoltés par la vente d'indulgences ont significativement contribué, par exemple, à l'édification de Saint Pierre de Rome.

3. Frère tourier : religieux chargé des relations avec l'extérieur dans un monastère ou une abbaye, qui faisait office de portier. Le nom de tourier vient de ce que ce religieux s'occupait à l'origine du tour (armoire tournante placée dans l'épaisseur d'un mur et servant aux religieuses cloîtrées à faire passer ce qu'elles reçoivent du dehors ou ce qu'elles veulent y expédier.)

Chapitre 17

Geoffroy passa la fin de l'hiver à s'occuper de son domaine, se plongea dans les comptes et régla quelques menus conflits de voisinage. Il fit curer le fossé qui entourait son château car l'hiver la pestilence de l'entreprise était moindre, et s'appliqua à choisir l'endroit où serait construite son église. En bas de la motte, au carrefour de la route de Bonneval, il y avait un grand champ plat où paissaient les vaches. Ce serait idéal. Les fidèles pourraient arriver de trois côtés, et lui-même pourrait s'y rendre aussi souvent qu'il le voudrait. Juste en face, une grange pourrait facilement être transformée en communs, et il construirait à côté une maison confortable pour les chanoines avec une salle du chapitre et une bibliothèque. Il fallait trouver maintenant un maître d'œuvre, car celui qu'il avait contacté des années plus tôt à l'aube de son projet était mort de la peste.

Il se rendit au prieuré d'Isle Aumont pour se figurer ce que pourrait être sa future collégiale. Appelée communément 'la Maison d'Isle', cette communauté florissante de moins de dix moines était établie sur un terrain de trois cents arpents (1) et comptait une église, un cloître, des dortoirs, des granges, une étable et une et porcherie, le tout clos et fermé de fossés et de murailles et protégé en cas de besoin par le château tout proche.

Le prieur le reçut chaleureusement, lui fit goûter le vin de ses vignes et le jambon de ses cochons. Geoffroy exposa son projet et expliqua avec humilité que s'il avait tout d'abord rêvé d'une grande église de pierre, il devrait se contenter pour commencer d'une église à pans de bois. Le prieur lui fit alors visiter le nouveau chai construit par maître Gillot d'Auxon. Geoffroy admira la charpente majestueuse et solide.

- Ce sont là de beaux chênes de la forêt d'Othe, mon fils, ce bâtiment est fait pour durer.

- Mon père, pensez-vous que je puisse faire édifier une église avec des arbres d'une forêt où rôdent ces animaux du diable que sont les voirloups ? (2)

- Les voirloups rôdent dans la forêt, mon fils, pas dans les charpentes, et ils ne se risqueraient pas dans un lieu consacré à la Vierge ! Dans quelques jours Maître Gillot doit venir chercher le reste de son matériel, je l'enverrai vous visiter à Lirey.

Rassuré, Geoffroy le remercia pour ses conseils avisés et rentra chez lui au galop, des rêves de basilique plein la tête. Dans la cour du château régnait une agitation inhabituelle. Il faillit renverser une servante qui courait avec un seau plein, et dès que le martèlement des sabots de son cheval eut cessé, il entendit les hurlements de Charlotte. Alarmé, il entra sans défaire ses éperons et gravit l'escalier quatre à quatre. Jeanne avait assis sur la table la petite fille qui hurlait de douleur, la main en l'air, les joues rouges et les yeux gonflés de larmes.

La servante arriva tout essoufflée, posa le seau à côté de Charlotte et Jeanne plongea dedans la main de la fillette. Les pleurs marquèrent un court arrêt, le temps que la douleur de l'eau glacée succède à la douleur du pinçon. Jeanne rassurait Charlotte en lui disant des mots doux, la main sur sa joue, et Geoffroy se trouvait là, debout devant ce petit bout de fille, sans savoir que dire, impuissant à la soulager. La petite curieuse s'était coincé le doigt dans le couvercle du coffre à vêtements de Jeanne en voulant admirer sa nouvelle robe de velours. Geoffroy la souleva d'un bras, la serra contre lui, et embrassa sa petite main blessée, ébranlé de pas être capable de soulager sa douleur. Il avait fait pendre et écarteler sans états d'âme Amery de Pavie, mais ne supportait pas de voir sa petite fille souffrir. Jeanne fit un joli pansement avec des oreilles de lapin autour du petit doigt, et Geoffroy y dessina délicatement deux yeux avec son ongle raclé sur la suie de la cheminée. Un morceau de massepain à l'eau de rose finit de consoler Charlotte qui entreprit de faire la conversation à son doigt-lapin.

Geoffroy enleva son manteau, un valet l'aida se défaire de ses éperons et de ses heusses, et il s'installa pensif, dans la chaire devant la cheminée. Il était las des champs de bataille, fatigué des chevauchées et des garnisons, et si son honneur et sa fidélité au roi et à son Ordre ne l'avaient pas obligé de continuer à pourfendre de l'Anglais pour le salut du royaume, il aurait volontiers embrassé une vie de prière et de recueillement.

L'évêque avait tenu parole et certainement appuyé sa demande au père abbé de Montier la Celle, car vers la fin du mois de février il reçut l'autorisation d'ériger une église servie par six chanoines prébendés (3). Il aurait aussi la possibilité d'engager un clerc marguillier (4) et deux petits clercs. Geoffroy se rendit dans la petite chapelle du rez-de-chaussée pour prier et remercier Dieu. Son église de l'annonciation de Marie allait enfin voir le jour.

La semaine suivante, Maître Gillot se présenta au château avec un aide. Ils déroulèrent des cordes et plantèrent des piquets, il prit des notes avec un stylet sur des tablettes de cire, puis s'entretint longuement avec Geoffroy. Il proposait de construire pour un prix raisonnable une vraie église à plan cruciforme, avec un transept et des bas-côtés, un clocher et un porche qui la ferait paraître plus vaste et tiendrait à l'abri les fidèles en surnombre. Geoffroy aurait aimé un chœur éclairé de vitraux avec une scène de l'Annonciation, mais un bon maître verrier se payait si cher qu'il renonça. Il aurait des vitraux losangés simples au-dessus des bas-côtés et un chœur aveugle. Maître Pierre dessina un plan sommaire sur une dernière tablette de cire. Pour le bâtiment des chanoines, il construirait une longère perpendiculaire à la grange de l'autre côté de la rue, avec au rez-de-chaussée une salle des chanoines, une étude et une bibliothèque, et des chambres dans la soupente. Le contrat fut scellé d'une poignée de main, il reviendrait avec un notaire pour signer une commande en bonne et due forme.

Geoffroy échangeait régulièrement des lettres avec Contrehastier resté à Paris, et avec le roi. Il avait même engagé un chevaucheur à demeure plutôt que de faire porter ses courriers à Troyes pour qu'ils partent avec le service du courrier à cheval. Le 1er mars un traité avait enfin été signé à Westminster mettant fin à la guerre de succession de Bretagne, reprenant les préconisations de Geoffroy.

De son côté, le roi, toujours au Louvre, continuait à plancher sur la réforme de l'armée, tenant compte des questions posées par Geoffroy dans son ouvrage. Chaque dimanche il allait entendre la messe à l'hôtel de Sens (5) qui possédait les plus belles orgues de Paris. Il s'amusait, il jouait un peu, continuait à dévaluer de temps en temps la monnaie quand les caisses étaient à l'étiage, recevait chaque soir les courtisans et les ambassadeurs. Il s'occupait de quelques affaires intérieures, avait inauguré plusieurs collèges et réglementé le statut des apothicaires (6).

Le nouveau pape Clément VI s'était donné pour mission de restaurer la paix en Europe et multipliait les ambassades diplomatiques, mais ses efforts étaient constamment ruinés par les monarques qui trouvaient intérêt au conflit et qui soudoyaient à grands renforts de cadeaux ruineux les membres du Sacré Collège.

Par un frais matin de mars éclairé d'un ciel limpide, Maître Pierre fut annoncé au château. Geoffroy descendit pour le recevoir. Au carrefour de la route de Bonneval, un convoi de chariots et de tombereaux tirés par des bœufs s'étirait devant la butte. Certains étaient chargés de poutres, d'autres de pierres, d'autres encore d'une multitude d'outils : cordes à treize nœuds, piges, moles, archipendules, compas, équerres, échelles, pelles et pioches (7). Une douzaine de compagnons et de bâtisseurs se rassemblèrent autour de Maître Pierre. Il demanda si on pouvait entreposer les poutres dans la grange afin qu'elles restent au sec, et fit décharger les blocs de pierre aux abords du futur chantier. La grange servirait également de loge, l'endroit où les ouvriers se réuniraient, prendraient les repas, et travailleraient à des travaux de détail en cas d'intempéries.

Les bâtisseurs aux mains calleuses, chaudement vêtus et la tête couverte d'un bonnet de laine, se mirent à l'ouvrage en commençant par délimiter le terrain avec des cordeaux. Pendant ce temps, Maître Pierre et Geoffroy discutaient des détails devant la cheminée dans la grande salle. Maître Pierre expliquait à grand renfort de chiffres et de croquis qu'il dessinait sur son ardoise à la pierre de craie, et Geoffroy hochait la tête, impressionné par tant de science. Le matériel déchargé, Maître Pierre annonça qu'il reviendrait tous les trois jours avec un nouveau chargement jusqu'à ce qu'il y ait assez de pierres pour monter le sol et le soubassement. Pendant ce temps, l'équipe sur place préparerait le terrain et s'installerait dans la grange. Geoffroy promit de veiller à ce que les bâtisseurs soient correctement logés et nourris. Dès le départ de Maître Pierre, il envoya un valet faire le tour du village pour les loger ici et là. Quelques semaines plus tard viendraient les charpentiers pour monter les sablières (8), les poteaux et les linteaux.

Après Pâques, il dut retourner à Paris pour assister au conseil du roi. Quand Alaïs lui ouvrit la porte de sa maison de la rue de la Chanverrie, il fut sidéré de constater qu'elle arborait un ventre proéminent. Quand elle vit où se posaient les yeux de Geoffroy, elle se mit à pleurer, les yeux baissés, en tordant la touaille qu'elle tenait dans ses mains.

- Messire, je ne voulais pas… Et elle éclata pour de bon en sanglots.

Geoffroy l'écarta doucement pour avancer dans la salle du rez-de-chaussée, dépassa l'escalier, et trouva Marco attablé dans la cuisine devant un pichet de bière comme s'il était chez lui.

- Messire Geoffroy, que nous vaut le plaisir de votre visite ? demanda Marco, sans gêne.

En voyant Geoffroy dans l'encadrement de la porte, courroucé, les mains sur les hanches, il se reprit.

- J'ai travaillé si dur, Messire, que je prenais un instant de repos. Je vais de ce pas me remettre à l'ouvrage.

- Et à quoi travailles-tu avec tant d'ardeur dans ma maison ?

- Je termine le dessin d'un nouveau retable, Messire. Ce sera magnifique.

- Pour la cathédrale ?

- Eh bien, pas tout à fait, il semble que ma présence ne soit plus nécessaire à la cathédrale.

- Les travaux sont déjà terminés ?

- Pas encore, Messire, mais pour une raison inexpliquée un ciseau neuf s'est retrouvé dans mes outils à la place d'un vieux tout émoussé. Et bien que j'aie protesté de ma bonne foi et juré sur la bible, on m'a renvoyé. Je suis victime d'une cruelle injustice.

Geoffroy sentait la colère lui monter à la gorge.

- Mordiable, et c'est pour cela que tu t'es consolé dans les bras d'Alaïs, maraud ? Et que tu as engrossé cette pauvre fille ? tonna-t-il.

- Messire, c'est Dieu qui l'a voulu. Si j'avais pu choisir...

- Et tu comptes l'épouser, au moins, pour que cet enfant ait un père ?

- C'est que, Messire, je vais devoir rentrer à Milan où mon devoir m'appelle, je devrais déjà être parti. D'ailleurs je vais de ce pas préparer mon bagage, dit Marco en se levant, espérant esquiver le châtiment qui semblait l'attendre.

Geoffroy le prit à la gorge de sa main encore gantée, et d'une secousse, le rassit brutalement sur le banc.

- Tu ne vas nulle part. Demain matin nous allons tous les trois à l'église et tu épouses Alaïs.

- Mais, Messire, les bans….

- Je m'en occuperai plus tard avec les services du palais. Et si d'ici là tu as le malheur de bouger une oreille, je te l'arrache. Et si tu penses pouvoir t'enfuir, je te ferai chercher dans toute l'Europe et je ferai étriper, tu peux m'en croire. Alaïs est à mon service depuis qu'elle est une petite fille, et sa mère avant elle, et je ne la laisserai pas déshonorer.

Marco était blême, prêt à défaillir, et se tenait à la table des deux mains. Mais il réfléchissait à toute vitesse et se dit au bout de moins d'une minute que d'échanger son statut de sculpteur banni, sans le sou et bientôt à la rue contre celui de l'époux traité comme un coq en pâte d'une fille stupide mais fraîche et gentille était plus qu'acceptable pour le moment. Il serait toujours temps de disparaître plus tard.

- Soit Messire, il sera fait selon votre bon vouloir.

Alaïs, qui s'était tapie dans le couloir derrière Geoffroy, éclata à nouveau en sanglots en se jetant aux pieds de Geoffroy.

- Merci, Messire, Dieu vous rendra vos bienfaits.

- Va plutôt me préparer quelque chose à manger, dit Geoffroy d'un ton bourru pour cacher son émotion.

Il se rendit dans son étude, tâtonna au-dessus de la porte pour trouver la clé du cabinet, et en sortit une petite bourse et un modeste anneau de mariage qui avait appartenu à une servante décédée sans famille.

Le lendemain matin, il s'attendait presque à trouver la paillasse de Marco vide, mais celui-ci était toujours là. Il se laissa conduire sans broncher à l'église en compagnie d'Alaïs, emmitouflée dans un vaste manteau qui camouflait son ventre. Elle était heureuse malgré tout et reçut avec une grande joie les présents de Geoffroy. Marco regardait de côté, l'air ailleurs.

Le curé, visité la veille par Geoffroy, bâcla l'affaire, le registre des mariages fut signé, et l'incident fut clos.

Geoffroy passa quelques semaines à Paris. Il apprit par un espion qu'après la signature du traité de Westminster, Charles de Blois était parti de Londres pour la Bretagne fin mars en laissant ses enfants en otage (9), pour aller chercher l'argent de sa rançon et obtenir les lettres de dispense qui permettraient de marier les cousins et entériner le traité.

Débarqué dans une île au large de Douarnenez, il y avait trouvé une garnison anglaise peu fournie qu'il s'était empressé de massacrer. Par un mystérieux hasard, le forfait ayant eu lieu dans une île, les Anglais ne semblaient heureusement pas informés de cette boucherie, auquel cas le traité aurait volé en éclats et ses enfants auraient été passés par le fil de l'épée. Geoffroy en fut contrarié. Pendant que certains s'échinaient à développer des trésors de diplomatie en faveur de la paix, d'autres remettaient de l'huile sur le feu à la première occasion.

NOTES POUR LECHAPITRE 17

1. 300 arpents = environ 1000 m²

2. Voirloup : cousin du loup garou, créature maléfique nocturne propre au folklore du pays d'Othe.

3. Prébendé : qui reçoit des prébendes, soit une rémunération par partage des revenus alloués à l'église, les chanoines de Lirey devaient dont être payés sur les rentes attribuées à Geoffroy de Charny à cet effet.

4. Marguillier : le religieux qui tenait les registres des pauvres qui se présentaient à l'église pour recevoir la charité. Par extension, celui qui était en charge du secrétariat.

5. Hôtel de Sens : résidence parisienne de l'archevêque de Sens, conseiller personnel des Rois de France. Ce splendide bâtiment existe toujours (restauré) dans le Marais au 1 rue du Figuier, et abrite la bibliothèque Forney, spécialisée dans les arts décoratifs et les arts graphiques.

6. En 1353 les épiciers-apothicaires reçoivent du Roi des statuts dont voici quelques extraits :

« Nul ne peut entreprendre de commerce s'il ne sait lire ses recepts ou s'il n'a entour lui personne qui le sache faire.

Nul ne peut vendre médecine venimeuse ou périlleuse.

Tout apothicaire qui aura confectionné une médecine de longue conservation inscrira sur le pot l'an et le mois de confection.

Tout Apothicaire vendra à juste, loyal et modéré prix ».

Il s'agissait de faire une distinction nette entre les apothicaires sérieux qui avaient pignon sur rue et les charlatans ambulants.

7. Outils de bâtisseurs

Corde à treize nœuds : cette corde, d'une longueur de 12 coudées et constituée de 13 nœuds définissant 12 intervalles identiques, était déjà utilisée par les anciens égyptiens. Elle permet de définir une multitude de figures géométriques telles que le carré, le rectangle, le triangle, l'angle droit, les polygones et le cercle.

Pige : règle médiévale en pouces, paumes, palmes, empan et coudées.

Archipendule : c'est l'ancêtre de notre niveau. Il avait souvent la forme d'un A majuscule un peu écrasé, en bois, avec un fil à plomb attaché à la pointe et une encoche sur la barre du A qui marquait la verticalité exacte.

8. Sablière : pièce de bois horizontale à chaque étage, et haut et bas d'un pan de bois, dans lesquelles sont assemblés les poteaux, décharges (pièces obliques) et tournisses (poteaux verticaux tronqués fixés sur les décharges).

9. L'acte de libération de Charles de Blois est signé le 10 août 1356 à Westminster, soit trois ans plus tard. A cette époque, les prisonniers de haut rang étaient relativement libres de leurs mouvements. Ils pouvaient se déplacer avec des sauf-conduits, notamment dans le but de réunir leur rançon, et en laissant des otages. Les deux fils de Charles de Blois, Jean et Guy, resteront en otages jusqu'au paiement de la rançon.

Chapitre 18

Au milieu du mois de mai de cette année 1353, Geoffroy s'en revenait de Paris. Alaïs et Marco étaient eux aussi en route pour Lirey avec une charrette et quelques affaires. Il avait laissé sa maison de Paris aux soins d'un homme de confiance trouvé par Contrehastier. Alaïs serait plus en sécurité pour accoucher dans son village, et il préférait garder un œil sur cette truandaille de Marco. Il avait du reste pour lui des projets qui lui permettraient peut être de redevenir un honnête homme.

En arrivant au petit trot par la route de Bonneval, pour mieux profiter du paysage tant aimé, il aperçut quelque chose à droite du château, comme un nouveau toit qui dépassait des maisons. En approchant, il doubla plusieurs charrettes dételées entreposées sur le côté du chemin, et aperçut des bœufs mis à brouter dans l'enclos qui se trouvait en bas de la motte. Il s'arrêta au carrefour, stupéfait et ravi.

Un haut squelette de bois occupait le milieu du champ, à l'intérieur duquel une dizaine d'ouvriers tapaient, clouaient, rabotaient, s'interpelaient. Un homme tirait la corde de la poulie installée sur le côté, et une poutre était suspendue en l'air, guidée par un autre ouvrier perché sur une traverse.

Il était grand temps de choisir les chanoines. L'Abbé Orlhuti de Montier la Celle avait proposé quelques noms, mais Geoffroy s'était réservé dans les statuts le droit de préséance à cette sélection, et il comptait s'entourer d'amis et de proches. Il pensait tout d'abord à Renaud de Savoisy, un lointain cousin de sa seigneurie de Savoisy héritée de sa mère. Puis Robert de Caillac (1), qui en plus d'être un saint homme, possédait toutes les qualités de clairvoyance et de calme autorité pour diriger un chapitre, à qui il avait déjà envoyé une requête. Enfin, Henri de Sellières, à qui il n'avait pas encore rendu visite. Il laisserait le choix des trois derniers à l'Abbé qui avait bien voulu accéder à sa demande, et le doyen viendrait sans doute avec ses clercs.

Un volumineux courrier l'attendait dans son étude. Robert de Caillac avait accepté la charge, et il avait bien compris le sous-entendu qui faisait de lui le doyen du chapitre. Une autre lettre du roi Jean l'informait qu'il ajoutait une rente de cent-quarante livres aux précédentes dotations destinées à la collégiale. Geoffroy rédigea un remerciement pour le roi et un autre courrier pour le notaire apostolique Jean de Liège chargé d'établir l'acte de fondation du chapitre, afin que cette nouvelle fût portée sur le document. Il lui demanda aussi de noter dans l'acte qu'un cimetière serait disposé derrière l'église et qu'un espace y serait réservé pour lui-même et sa famille.

Bientôt les charpentiers eurent terminé leur travail sur l'église et s'attaquèrent à la maison du chapitre où les terrementiers (2) et les tailleurs venaient d'achever le soubassement. Les maçons les remplacèrent pour combler l'intérieur des murs de torchis. L'espace entre les poutres était comblé de planchettes distantes d'une main, tenues ensemble avec des brins d'osier tressé. Les ouvriers avaient creusé une fosse remplie de terre et de paille, dans laquelle ils versaient des seaux d'eau. Ils sautaient à deux dans cette fosse et foulaient le mélange aux pieds en se tenant par les mains pour ne pas glisser. Puis ils transvasaient l'appareil dans de grands paniers tressés et finissaient de le pétrir en une pâte homogène avant de le transporter dans des brouettes et de l'appliquer dans les parois en le lissant de la main. Ils étaient concentrés, appliqués, tout crottés, et semblaient heureux de leur tâche.

Le temps était radieux et le torchis séchait vite. Les tuiles étaient en route depuis Joigny. Il fut décidé que la collégiale serait officiellement fondée le 20 juin. L'acte serait signé en grande pompe par le notaire apostolique, l'église serait consacrée, et ce bâtiment à peine sec deviendrait sur le champ la maison de Dieu et celle de la Vierge Marie. L'évêque et l'abbé de Montier la Celle se déplaceraient, ainsi que les seigneurs des châtellenies voisines. Ce serait l'occasion d'inviter la famille qu'on recevait rarement, et tout le village participerait à la fête. Jeanne donnerait des ordres pour l'intendance. Un banquet serait servi dans la cour du château.

C'était la date idéale, la foire de Troyes commencerait à la Saint Jean le 24 juin et Geoffroy comptait bien que les fidèles viendraient jusqu'à Lirey pour voir son église neuve et déposer des offrandes.

Dans sa hâte il avait commandé un autel tout simple doté d'une niche pour y sceller les reliques, décoré de trois ogives sur le devant, mais Jeanne possédait de sa famille une magnifique nappe brodée qui ferait l'affaire pour l'habiller. Geoffroy comptait mettre Marco à l'ouvrage pour décorer son église. Il avait déjà prévu de lui commander un retable pour l'autel, sur le thème de l'Annonciation, des bas-reliefs pour le cœur et des fonds baptismaux, mais tout cela ne serait pas prêt avant plusieurs mois. Le plus urgent était le bénitier, et il aurait le temps de le terminer pour la cérémonie s'il se mettait au travail dès son arrivée.

Geoffroy trouva au village pour Marco et Alaïs une maison inoccupée, tous ses habitants étant morts de la peste, encore garnie de quelques meubles, attenante à une petite écurie où on pourrait loger une vache pour que l'enfant ait du lait frais, et une grande remise où Marco pourrait exercer son art.

Ce dernier n'était pas enchanté de sa rustique villégiature, après avoir connu l'effervescence parisienne et le confort de la maison du quartier des Halles, mais il aimait sculpter et décida de se contenter de son sort jusqu'à ce qu'il trouve la première occasion de s'enfuir. Alaïs qui était maintenant une respectable femme mariée fut plus que ravie d'avoir une maison à elle, et bientôt un enfant et une vache à elle, et son mari devint une question subsidiaire.

Dans sa grande mansuétude, l'évêque prêta quelques statues qui dormaient dans les réserves de l'évêché. Restait la question de la cloche, les fondeurs n'étaient pas légion en ces temps troublés, et Geoffroy avait envoyé une requête urgente à Contrehastier pour lui en procurer une. Les trois derniers chanoines furent nommés sur le conseil de l'abbé Orlhuti : Guillaume de Bragelogne, Jean de Lisines, et Robert de Saint-Vinnemer. Robert de Caillac fut élu doyen comme prévu. Ils arrivèrent la semaine précédant la cérémonie, mais le chapitre n'étant pas terminé, on les logea au château pour quelques jours.

Geoffroy déterra le cheveu de la Vierge et le morceau de la Sainte Croix cachés dans la petite chapelle du château.

Le matin de la cérémonie, le ciel était d'un bleu divin, couleur du voile de la Vierge, comme si la Sainte, heureuse que Geoffroy ait tenu sa promesse, avait étendu sa bénédiction sur toute la région. Jeanne avait revêtu sa nouvelle cotte hardie de velours incarnat et une légère coiffe. Elle voletait fébrilement de la cour aux cuisines pour vérifier que tout était prêt.

L'acte fut signé dans la grande salle du château. Il devrait être ensuite ratifié par le pape Clément VI et par le roi de France. La célébration commença par une procession autour de l'église, menée par l'évêque dûment mitré qui transpirait sous son manteau de cérémonie, précédé d'un servant portant une croix de procession d'argent incrustée de pierres fines et suivi de deux autres servants portant l'eau bénite et les reliques dans un coffret d'orfèvrerie. Puis venaient le père abbé accompagné de quatre autres ecclésiastiques, les six chanoines en rang par deux, Geoffroy et Jeanne, le notaire, les invités, l'intendant du château et les autres personnages par ordre d'importance. Les villageois terminaient le cortège, si bien que les premiers étaient déjà revenus à la porte après avoir fait le tour de l'église, que les derniers n'en étaient pas partis, encore à l'ombre sous le porche. On tassa donc un peu les rangs avant que les portes puissent être ouvertes solennellement devant Monseigneur l'évêque. Le prélat fit le tour des murs qu'il aspergea d'eau bénite en prononçant des incantations, au grand dam de Geoffroy qui redoutait que le torchis pas tout à fait sec ne fondît sous l'effet d'un trop vigoureux assaut de sainteté.

Les reliques furent déposées dans la cavité de l'autel, qui fut refermée avec du ciment bénit.

Geoffroy et Jeanne s'installèrent sur les chaires qui leurs étaient réservées sur un côté du chœur décoré de bouquets de fleurs. L'abbé se posa dans une autre disposée en face, et l'évêque commença à dire la messe.

Sous la magnifique charpente de chêne, les chanoines, alignés devant l'autel, jurèrent sur les Evangiles obéissance et fidélité au seigneur de Lirey, à ses successeurs et au doyen du chapitre, et promirent entre autres de dire chaque jour une messe basse de la Sainte Vierge, et de chanter une grand-messe ainsi qu'un office canonial. En compensation, Geoffroy verserait au chapitre deux-cent-soixante livres de rente foncière annuelle et perpétuelle, somme exemptée d'impôt alimentée par les dotations de recettes foncières qu'il avait reçues du roi et de l'église. Les chanoines, ainsi rémunérés, pourraient se consacrer entièrement à la prière et n'auraient pas besoin de s'échiner à des tâches agricoles autrement que pour prendre l'air et améliorer leur quotidien. Geoffroy pria avec ferveur, son vœu le plus cher était enfin réalisé.

A la sortie de la messe, l'unique cloche que l'efficace Contrehastier lui avait fait envoyer, récupérée d'une église brûlée par les Anglais, se mit à tinter joyeusement. Les villageois s'égaillèrent, les plus jeunes partirent en courant, tirant par la main les filles coiffées de couronnes de fleurs, pour rejoindre la cour du château où avaient été dressées de longues tables recouvertes de nappes blanches et déjà chargées de tourtes et de tonnelets de vin. On avait aménagé une tente ouverte et un plancher pour installer la table d'honneur que Geoffroy et Jeanne présideraient, entourés des ecclésiastiques et de la famille proche. Des musiciens sortirent du château et commencèrent à faire le tour des tables en jouant des airs dansants, et bientôt, une farandole riante et chantante serpenta tout autour de la cour. Geoffroy était aux anges. Jeanne était heureuse et fière. L'évêque avait les pommettes rouges et chantonnait en levant son hanap, sous le regard sourcilleux de l'abbé qui n'avait bu que de l'eau du puits.

Bientôt un petit attroupement se forma dans un coin de la cour. Un incident semblait s'être produit. Geoffroy se leva de table pour aller voir, au moment où le cercle s'écarta pour laisser passer Alaïs, soutenue par deux femmes. Elle avait perdu les eaux et allait mettre son enfant au monde.

NOTES POUR LE CHAPITRE 18

1. Robert de Caillac fut doyen de la collégiale de 1353 à 1358.

2. Terrementier : terrassier.

Chapitre 19

Quelques jours plus tard, Jeanne partit dès l'aube pour Troyes dans un char branlant peint aux armoiries de Charny (1) auquel était attelé un cheval placide, accompagnée d'une servante et de deux valets. Elle se rendait à la foire de la Saint Jean qui battait son plein. Elle dormirait dans une auberge et rentrerait le lendemain. Elle comptait acheter des épices, de la vaisselle, des tissus, mais sa mission principale était de trouver un beau crucifix et des chandeliers pour l'autel de la nouvelle église. A partir de Bouilly, la route était encombrée de charrettes chargées de ballots qui levaient des nuages de poussière et de piétons qui marchaient en file sur le côté, se protégeant le visage au passage des chevaux. A chaque carrefour, des chevaliers du guet veillaient deux par deux. Après le village, ils dépassèrent sur leur gauche l'imposante forteresse de Montaigu, qui se découpait sur le bleu profond du ciel matinal.

Aux abords de la porte de Croncels, l'embouteillage était à son comble. Il fallut patienter pour passer le péage, et ils furent assaillis par un grand nombre de mendiants, si bien que les valets rabattirent les tentures du véhicule pour que Jeanne ne fût pas importunée. La situation était encore plus critique à l'intérieur des remparts. On ne pouvait guère avancer, les charrettes étaient bloquées par les piétons chargés de sacs et de paniers, les invectives commençaient à voler et les chevaux à piaffer d'énervement. Juste devant l'équipage de Jeanne, un paysan poussait une voiture à bras chargée de cages à poules. Les pauvres bêtes, affolées par le bruit et indisposées par la chaleur, faisaient un tel raffut qu'on devait crier pour s'entendre. Les sergents étaient en train d'instaurer un sens de circulation et bientôt le trafic redevint fluide. Ils s'engagèrent dans la rue du Temple où Jeanne devait résider dans une auberge qui heureusement comportait une cour assez grande et une écurie.

Dès qu'elle se fut installée, elle se rendit à la foire. Elle commença par la rue des Epiciers, à quelques pas de là, et fut immédiatement déçue par le petit nombre des marchands qui y avaient un étal ou une logette. La plupart étaient des paysans locaux qui vendaient des herbes aromatiques, mais les marchandises lointaines n'étaient pas légion. La foule des chalands était elle aussi assez clairsemée.

Elle trouva tout de même des bâtons de cannelle, du poivre, des clous de girofle, de la cardamome et du safran. Puis elle traversa pour se rendre de l'autre côté de l'Eglise Saint Jean au marché aux orfèvres. Là aussi, les étals provisoires montés pour la foire étaient peu nombreux, mais plusieurs boutiques bien fournies proposaient de belles pièces. Elle en fit le tour, marchanda pour un bel ensemble d'autel, puis se ravisa, examina de magnifiques aiguières au poinçon d'Avignon. A chaque fois qu'elle faisait mine de sortir de la boutique, l'orfèvre la retenait par la manche et lui montrait de nouveaux articles. Elle préféra réfléchir jusqu'au lendemain avant d'engager une telle dépense. Dans la rue des Orfèvres, le guet du marché patrouillait car les tire-laines étaient à l'affût.

Elle dîna avec sa suite de petits pâtés et de bière dans une gargote installée sous une tente sur la place du marché aux cuirs, et trouva en sortant une belle paire de bottes pour Geoffroy dans la logette d'un marchand lombard. Elle quitta le quartier avec en plus une jolie bourse de cuir ouvragé et un étui à couteau. A la nuit tombante, elle rentra se reposer avec sa servante. Les valets, une fois les marchandises achetées mises en sécurité, partirent à la maraude, comptant bien profiter d'être en ville pour passer une soirée mémorable.

Le lendemain matin, il fallut demander à l'aubergiste qu'il aille les tirer du lit. Ils emboîtèrent le pas à Jeanne en bâillant, habillés de travers et les cheveux en bataille. Mais Jeanne ne leur en tint pas rigueur, elle les avait connus enfants, c'étaient de bons garçons et ils avaient bien le droit de s'amuser un peu. Elle retournerait chez l'orfèvre juste avant de repartir, car elle ne voulait pas risquer de se promener toute la journée avec des objets d'une telle valeur, ni de les laisser sans surveillance à l'auberge. Elle se rendit donc au marché aux tissus. Juste au coin de la rue se trouvait la halle de Douai et de Provins où elle comptait trouver du drap et fut fort déçue de la trouver fermée (4). Elle traversa la rue des Epiciers pour se rendre à la maison aux serges à deux rues de là (5). Elle trouva deux jolis coupons pour tailler des vêtements aux enfants. Le drapier mesura le tissu avec son avant-bras, le repliant à chaque tour, puis il recompta les plis pour lui donner le prix.

Un peu plus loin, un marchand florentin pliait boutique, les affaires étaient mauvaises et il voulait poursuivre son chemin vers la riche Anvers où ses brocards de soie et ses

mousselines de Mésopotamie se négocieraient plus facilement (6). Une fois son stock vendu, il s'en retournerait vers
le sud par la mer avec un chargement de drap de Flandres.
C'était le moment de faire affaire, il serait plus enclin à ra-
battre le prix des marchandises qu'il pourrait se dispenser
de ranger et de transporter. Elle obtint un bon prix pour un
coupon de soie et s'offrit une aune de gaze pour agrémenter
ses escoffions. Le marchand pliait les coupons et les empi-
lait sur les bras des valets qui commençaient à ployer sous
le faix.

Au moment où elle rangeait sa bourse, le marchand
s'avisa qu'elle avait acheté de beaux tissus pour couper des
vêtements de dessus, mais avait-elle pensé qu'il lui faudrait
peut-être des chemises ? Il lui proposa pour une somme
modique un reste de lin de Byzance long de quatre aunes. Il
était un peu abîmé au bout et déjà un peu jauni à force
d'être transporté et mélangé avec des tissus de toute sorte,
mais une fois lavé il redeviendrait comme neuf. Elle
l'emporta pour une somme ridicule.

Les valets n'en pouvaient plus. Jeanne s'étonna. Comment pouvaient-ils être épuisés alors qu'ils n'avaient pas
parcouru une demi-lieue depuis le matin, et qu'ils étaient
rompus à des travaux quotidiens autrement plus difficiles ?
Faire des achats n'était tout de même pas épuisant à ce
point ! Le soleil était au zénith, elle leur proposa de retourner à l'auberge déposer les tissus et se restaurer. Elle
reviendrait ensuite seule avec eux pour acheter la parure
d'autel pendant que la servante surveillerait les emplettes.

Au début de l'après-midi, elle retourna chez l'orfèvre
mais il avait vendu les articles qu'elle comptait acquérir et

elle fut fort déçue. Elle refit le tour de tous les orfèvres du quartier. Les valets commençaient à soupirer et à souffler dans son dos, mais le regard noir qu'elle leur jeta en se retournant les ramena immédiatement au silence. Elle aussi commençait à être fatiguée, mais elle n'avait pas envie de renoncer et de rentrer à Lirey en ayant failli à la requête de Geoffroy.

Elle remonta une dernière fois la rue des Epiciers jusqu'en haut, aux abords du marché aux meules où planait un nuage de poussière, en se disant qu'elle ne reviendrait peut être pas de sitôt à la foire. Elle trouva encore un pot de sel de Guérande, puis s'en retourna sur ses pas en direction de l'auberge par la rue Pipejai. Il était temps de rentrer si elle voulait arriver avant la nuit. En flânant, les valets traînant de plus en plus les pieds à sa suite, elle continuait à regarder les étals des merciers qui proposaient des rubans et des colifichets. Elle se retrouva une fois de plus devant le parvis de l'église Saint Jean, et décida de faire le tour de l'église avant de rejoindre sa servante.

Derrière l'église, sur un étal adossé au mur du petit cimetière Saint Jean, elle aperçut au milieu d'objets hétéroclites, d'articles de vannerie et de vêtements d'occasion un crucifix de bronze émaillé sur pied qui semblait déjà ancien. Sur un fond doré souligné d'une frise végétale, le christ en croix habillé de bleu semblait paisible. Ce serait parfait pour une petite église de campagne. Le marchand, content de se débarrasser de cette vieillerie, lui céda pour un bon prix. Tout en lui parlant, il jouait avec une bobine de bois accrochée à son doigt avec une ficelle. Elle montait et descendait toute seule comme par magie. Elle acheta ce jouet insolite pour son fils. Elle trouva aussi sur l'étal une poupée de chiffon pour Charlotte, et une petite couverture de laine pour le bébé d'Alaïs et Marco, qui s'appelait Giovanni. Elle avait dépensé beaucoup moins que prévu pour le crucifix, et elle avait encore un tout petit moment pour aller acheter ce magnifique fermail orné d'une améthyste qu'elle avait repéré un peu plus haut.

NOTES POUR LE CHAPITRE 19

1. Char branlant : charrette légère équipée de suspensions à courroies, couverte d'une bâche attachée à une monture en demi-cercle, utilisée principalement par les dames de la haute société au moyen-âge.

2. Aiguière : cruche à eau à long col le plus souvent en métal précieux.

3. Tire-laine : voleur. A l'origine : qui volait les manteaux la nuit.

4. Les routes étant peu sûres, un bon nombre de marchands drapiers italiens, génois, suisses et provençaux ne passaient plus par Troyes et utilisaient le transport maritime pour faire du commerce avec la Flandre. Par actes du 30 janvier et du 7 février 1352 les marchands de Provins abandonnent la halle au profit du chapitre attaché à l'église Saint Urbain.

5. La maison aux serges a été détruite lors de l'incendie de 1524 qui ravagea 3000 maisons et fit fondre les cloches de l'église Saint Jean toute proche. A cet emplacement a été construite plus tard à partir de 1578 une maison pour François Roize, orfèvre, et son épouse Nicole Boulanger, puis une tourelle a été ajoutée au coin de la construction (dite 'la tourelle de l'orfèvre'). Les serges étaient des étoffes de laine à côtes obliques venant principalement d'Angleterre et de Calais (qui était anglaise à cette époque).

6. Les tissus orientaux de grand luxe étaient nommés d'après leur lieu de production : "damas" de Damas, "baldaquin" de Bagdad, "mousseline" de Mossoul, "gaze" de Gaza.

Chapitre 20

Quand ils arrivèrent à Lirey à la nuit tombante, Geoffroy était prêt à envoyer des gardes à leur rencontre avec des torches. Les valets entreposèrent les achats dans la remise du rez-de-chaussée qui se trouvait à côté de la salle d'armes, et les épices furent rangées dans des pots dans l'arrière cuisine.

Geoffroy trouva le crucifix trop modeste pour la collégiale, mais décida qu'il serait parfait pour la petite chapelle familiale de la maison. Pendant le dîner, tandis que les enfants jouaient devant la cheminée avec leurs cadeaux, Jeanne raconta qu'elle avait trouvé la foire de Troyes beaucoup moins animée qu'auparavant. Du temps de son enfance, sa mère estimait déjà que les foires étaient sur le déclin. Geoffroy l'avait aussi entendu dire, mais il n'était pas friand de ce genre d'endroits. Cela le préoccupait, car il comptait sur les pèlerins et les gens de passage pour engranger des offrandes pour sa collégiale. Il venait de céder au chapitre une partie de ses revenus des portes de Troyes, soit soixante-deux livres et dix sols tournois mais il avait sous-estimé la dépense que représentait cette collégiale.

Pour l'instant, deux semaines après la cérémonie de consécration de son église, seuls quelques habitants de la région étaient passés, la plupart par politesse ou par curiosité. Certes son église était magnifique pour une construction de campagne en bois, mais le registre des donations était toujours vierge.

Geoffroy s'en ouvrit au doyen Robert de Caillac. Celui-ci n'était pas inquiet, il fallait le temps que la nouvelle se répandît qu'on pouvait venir se recueillir à la collégiale de l'Annonciation de Lirey... et puis les monastères, les abbayes et les églises étaient si nombreux dans la région, les gens avaient leurs habitudes, leurs saints et leurs reliques préférés, il faudrait peut-être trouver une idée pour attirer les voyageurs. Construire une auberge pour loger les pèlerins ?

Les chanoines étaient bien installés dans leur chapitre tout neuf, et justement le doyen était content de voir Geoffroy car ils avaient fait une liste de livres qu'ils auraient souhaité se procurer pour leur bibliothèque. Geoffroy avait pensé qu'ils apporteraient les leurs, et en aucun cas prévu des dépenses d'une telle importance. La construction de l'église et du chapitre, la fête de la consécration et l'installation des chanoines avaient passablement aplati sa bourse. Et la décoration de l'église n'était pas terminée. Il enverrait dès le lendemain une requête au roi Jean pour obtenir de nouveaux subsides. Heureusement, les sculptures ne lui coûteraient pas trop cher.

Il remonta à cheval et poursuivit sa promenade dans le village jusqu'à la maison de Marco et Alaïs. Depuis l'extérieur il entendait des coups réguliers venant de la remise. Il entra sans que Marco le remarque, occupé à travailler sur le retable qui serait monté derrière l'autel. Juché sur un escabeau dans ses vêtements de travail, coiffé d'un bonnet de toile, il était penché sur le haut de la grande plaque de calcaire en train de travailler sur un détail du décor. Ce triptyque porterait en son centre la Vierge en majesté présentant l'enfant Jésus, la partie gauche montrerait l'annonciation, et celle de droite le baptême de Jésus. Geoffroy avait aimé le croquis que Marco lui avait présenté, dessiné sur une ardoise, puis mis au propre sur un parchemin, mais il était toujours fasciné de voir naître des reliefs et des personnages sous le burin de l'artiste. Une fois peintes, ces scènes de pierre seraient encore plus réalistes et enrichiraient magnifiquement le chœur de son église.

Contre toute attente, Marco n'était pas trop mécontent de son sort, même s'il regrettait un peu l'absence de taverne et d'animation à Lirey. Ici, il était logé, nourri, le mariage n'était pas aussi infernal qu'il l'avait imaginé et le fait de devenir père l'avait laissé indifférent, même s'il avait donné à son fils le nom de son frère, Giovanni. Tant que sa punition consisterait à exercer son art, il s'en contenterait, surtout que dans le village de Lirey il était 'l'artiste' que tout le monde admirait et n'avait pas à souffrir de la concurrence de son célèbre frère. Il avait travaillé dans des grandes villes comme Milan, Avignon et Paris, pour de riches et exigeants commanditaires, mais ici, une fois l'idée générale de la sculpture approuvée, il pouvait donner libre cours à sa créativité. Par ailleurs, bien qu'étant lui-même une fieffée bourrique, il avait constaté plus de bonté et de sainteté chez ces modestes villageois que chez les ecclésiastiques de haut rang qu'il avait fréquentés auparavant.

Geoffroy fit un détour par les champs pour rentrer au château. La moisson avait commencé et s'annonçait prometteuse. Du haut de son cheval, il voyait des dizaines de chapeaux de paille baissés sur les faucilles qui coupaient d'un ample mouvement arrondi les pailles de froment ou d'avoine. Les femmes en faisaient des gerbes qu'elles empilaient dans les tombereaux et sur les charrettes qui attendaient dans les chemins au bord des champs. Les moulins allaient tourner à plein régime. Après la famine qui avait sévi deux ans plus tôt, les greniers seraient pleins pour l'hiver. Et la paix semblait perdurer.

A l'automne, il dut retourner à Paris pour le conseil, et le 1er octobre, le roi répondit à sa demande en confirmant l'acte de création de la collégiale et en ajoutant une rente exemptée d'impôt.

Le roi, qui habitait toujours au Louvre, continuait à légiférer pour essayer de mettre un peu d'ordre dans les affaires de la France. Les caisses étaient chroniquement vides, bien qu'il continuât à dilapider sans vergogne, et plusieurs dévaluations n'avaient rien arrangé à l'affaire. La disparition d'un tiers de la population, lourd tribut à la peste, avait rendu la main d'œuvre qualifiée rare et de plus en plus chère. De ce fait, le prix des denrées cultivées et celui des produits manufacturés était en augmentation constante, et la pauvreté s'étendait de façon alarmante. Il était difficile de continuer à augmenter les impôts sans mettre en péril ce fragile équilibre : une population morte de faim ne rapporterait plus rien du tout au roi.

En octobre, il émit plusieurs ordonnances qui réglementaient le travail, les prix et régulerait les salaires, puis en novembre, une autre sur les fermes muables, qui apportaient aux fermiers des revenus aléatoire. Il augmenta le prix des amendes pour les contrevenants, et chargea la police de collecter l'argent avec une persuasion aussi musclée qu'il conviendrait.

Alors que Geoffroy s'apprêtait à reprendre la route pour Lirey, le roi le retint. La tension montait à nouveau entre le Connétable de France La Cerda et Charles de Navarre, dit 'Le Mauvais'. Ces deux-là ne pouvaient pas se croiser sans se sauter à la gorge, et plusieurs algarades avaient déjà eu lieu. Après avoir été évincé du trône de France qu'il revendiquait par sa mère, Charles de Navarre n'avait toujours pas digéré d'avoir été spolié au profit de La Cerda, d'un rang inférieur au sien, de la charge convoitée de Connétable de France. Il avait également échoué à récupérer les terres de Brie et de Champagne qui auraient dû lu revenir par héritage. Il fulminait pendant que le roi inondait son cher La Cerda de titres et de biens.

Pour apaiser les choses, en février de cette année-là, le roi Jean lui avait donné sa fille Jeanne âgée de neuf ans en mariage, assortie d'une dot princière de cent-mille écus et de quelques châtellenies en pensant que, devenu son beau-fils, le Mauvais ferait preuve d'un peu plus de retenue.

Mais quand La Cerda avait raflé le titre de duc d'Angoulême que Le Mauvais guignait depuis longtemps, ce dernier était devenu vert et depuis il ruminait sa vengeance. La Cerda s'en était plaint au roi qui l'avait tranquillisé.

- Vous n'avez rien à craindre de mon beau-fils de Navarre. Il ne vous oserait courroucer, car il n'aurait plus grand ennemi que moi.

Chacun des deux Charles, La Cerda et le Mauvais, avaient leurs alliés. Le frère du Navarrais, Philippe, avait bien entendu pris le parti du Mauvais et lui servait le plus souvent de garde du corps.

Le fait que le roi n'ait toujours pas versé à Charles de Navarre, après plus d'un an, la dot de sa fille, ne faisait qu'attiser sa grogne.

Un soir que Geoffroy quittait les appartements royaux encore occupés de nombreux courtisans où il venait de s'entretenir avec le roi et Charles de la Cerda, il croisa sur le seuil Charles le Mauvais qui venait de s'y faire annoncer, flanqué de son frère Philippe, comte de Longueville. Tous deux avaient leur tête des mauvais jours. En l'absence de gardes à l'intérieur de la salle, Geoffroy décida de rester dans l'antichambre, au cas où il devrait intervenir pour calmer les esprits et il tendit l'oreille.

Très vite le ton monta. La Cerda accusa Philippe de Navarre d'être un faux monnayeur et un menteur. Geoffroy entra à nouveau dans la salle au moment où Philippe tirait sa dague et se ruait sur la Cerda. Le temps qu'il arrive, le roi s'était interposé pour le ramener à la raison. Geoffroy se plaça de façon à permettre à Charles de la Cerda de s'enfuir, et celui-ci quitta la scène sous les insultes d'un Philippe empêché qui criait des menaces de mort (1). Charles de Navarre, bien qu'ayant participé à l'empoignade verbale, s'était mis en retrait quand son frère avait sorti son arme. Il pouvait coûter très cher de brandir une dague sous le nez du roi, tout noble qu'on était. Philippe de Navarre fut expulsé du Louvre comme un malpropre et s'en alla ressasser sa haine sur ses terres de Normandie d'où, apprit Geoffroy par la suite, il fit surveiller La Cerda nuit et jour par ses espions en attendant son heure.

Geoffroy put rentrer à Lirey pour Noël. Il se disait en Champagne que des cas de peste avaient reparu en Flandres.

NOTE POUR LE CHAPITRE 20

1. Selon les sources, cette altercation est datée du début 1352 (Froissart et Meyer), du printemps 1353 ou de la fin de l'année 1353, ou même de la fin 1352 (Deviosse). Selon toute vraisemblance, il y en eut de nombreuses.

Chapitre 21

Mi-janvier 1353, Geoffroy reçut une longue missive de Contrehastier qui l'informait de la progression de la copie de son livre, et lui narrait un événement dramatique qui allait bouleverser le cours du règne.

Le jour de l'Epiphanie, Charles de la Cerda était parti pour la Normandie pour rendre visite à sa tante la comtesse d'Alençon, veuve d'un Valois tombé héroïquement à Crécy. Ne se sentant pas menacé, il voyageait avec une escorte restreinte et fit étape dans un village à l'auberge de la Truie-qui-file. C'était sans compter les espions de Philippe de Navarre, retiré sur ses terres avec son frère Charles à quatorze lieues de là, et qui en fut immédiatement informé. Réunissant en hâte une petite troupe de cavaliers, dont leur oncle Geoffroy d'Harcourt, ils partirent dans la nuit en expédition punitive, après que Charles eut en vain essayé de tempérer son bouillant frère.

Au point du jour, ils parvinrent à l'auberge, se firent ouvrir la porte. Charles de la Cerda, alarmé par le bruit, se cacha en vain sous son lit, d'où on l'extirpa, terrorisé. Il se traîna si pathétiquement en demandant pitié aux pieds de Philippe qui l'accusait de l'avoir insulté, que d'Harcourt intervint en sa faveur. Les autres s'en mêlèrent, ceux qui étaient pour qu'on l'achève et d'autres qui trouvaient que la plaisanterie avait assez duré, tout de même ce n'était pas rien que d'assassiner le connétable de France, chéri par roi, les représailles pourraient être saignantes. Philippe ne voulait rien entendre, aveuglé par la haine. Et la Cerda était toujours à genoux par terre entre eux et regardait en l'air les échanges de considérations sur la poursuite ou non de son existence.

C'est alors que Charles le Mauvais, qui s'était prudemment tenu à l'écart de l'intervention, envoya un nervi demander si c'était bientôt fini, il s'ennuyait et il avait froid. Les sbires interprétèrent cela comme le signal de l'hallali, et La Cerda se retrouva lardé de quatre-vingt coups d'épée.

Contrehastier racontait que le roi n'était plus que l'ombre de lui-même. Il avait passé quelques jours dans un total état de sidération, incapable de prononcer un mot, déambulant comme un fantôme dans les couloirs du Louvre, la larme à l'œil.

Et la veille, il était passé du désespoir à la colère, vociférant contre Charles de Navarre qui avait revendiqué le meurtre pour couvrir son frère. Il regrettait de lui avoir donné sa fille en mariage, et était prêt à rassembler une armée pour mettre Evreux et la Navarre à feu et à sang.

Contrehastier demandait comme une faveur à Geoffroy de se tenir prêt à rentrer à Paris si le roi continuait dans cette voie.

Heureusement, de bonnes nouvelles contrebalancèrent ce drame. Une rafale de six bulles papales d'Innocent VI parvint à Lirey. Le pape s'était penché sur la question et apportait par ces lettres apostoliques un soutien considérable à Geoffroy. Il confirmait son droit de patronage sur la collégiale, corroborait le droit des chanoines à élire leur doyen, approuvait l'établissement d'un cimetière autour de l'église, autorisait le doyen à entendre les confessions dans l'église, décidait que les biens des personnes décédées au service de la collégiale reviendraient à celle-ci, et enfin concédait quarante jours d'indulgence aux pèlerins qui visiteraient l'église aux quatre fêtes principales de la Vierge (1).

Geoffroy partit à Paris un peu réconforté. Entre temps, le Navarrais avait rameuté toute sa clique pour le soutenir, et prenant effrontément le contrepied de l'attitude qu'on attendait, adressa une missive au Grand Conseil du roi protestant qu'il avait fait exécuter le connétable pour torts et outrages au roi de Navarre qu'il était. Pour faire bon poids, il informa aussi le Pape et les monarques européens, protestant de son bon droit et arguant qu'il avait sauvé le royaume de France d'un homme fourbe et cupide. Il avait même demandé une aide militaire au roi d'Angleterre et réarmé ses châteaux.

En moins d'un mois, le chaudron de la guerre recommençait à bouillonner et le roi Jean le Bon se retrouva contraint de négocier pour éviter une reprise des hostilités à laquelle il n'était pas prêt, ni financièrement ni militairement, à s'engager. Le Navarrais avait agité le spectre de la guerre dans un but précis, le même que d'habitude : servir ses intérêt et grappiller des avantages. Le 22 février, le traité de Mantes fut signé (2). Le roi de Navarre perdait quelques châtellenies mais il gagnait d'autres possessions importantes en Normandie, et surtout le droit d'y exercer la justice indépendamment de Paris et l'assurance de toucher la dot de son épouse.

A nouveau en position de force, et d'une cynique magnanimité, il se mit à faire dire des messes pour le repos de l'âme de La Cerda. Geoffroy rentra à Lirey un peu plus désabusé, son idéal de chevalerie mis à mal par l'histoire.

Deux semaines plus tard, le 4 mars, Jean le Bon accordait de mauvais gré son pardon officiel à Charles de Navarre. Le Mauvais, ce blanc-bec diabolique de vingt-deux ans, avait berné le roi de France

Heureusement, à Lirey, les choses avançaient. Le retable était presque terminé. On le chargea sur une charrette, bien amarré avec des cordes, et six hommes l'installèrent. Mis en peinture, il trônait au-dessus de l'autel et l'église semblait plus riche. Marco devait encore retoucher les détails et appliquer de la feuille d'or ici et là. Geoffroy vint le voir travailler. Il s'assit dans la chaire qui lui était réservée à droite du chœur. Tout était si calme dans cette église. On entendait à peine le bruit du pinceau raide de Marco qui effleurait la pierre et les chants des oiseaux au dehors. C'était si calme que Geoffroy se rendit compte soudain qu'ils y étaient seuls. Aucun pèlerin en vue, et les chanoines semblaient s'être évaporés dans la nature.

- Quand j'aurai fini, dit Marco, je pense que je pourrais faire un christ en croix pour le transept, qu'en pensez-vous ?

- Ce serait une bonne idée, répondit Geoffroy, mais j'aimerais trouver quelque chose à montrer dans cette église qui attire les foules. Malgré ton talent, je ne suis pas sûr que les pèlerins vont se précipiter pour admirer nos nouvelles sculptures.

- Il nous faudrait quelque chose comme ce que j'ai vu à Rome il y a bientôt quatre ans, dit Marco.

- Qu'as-tu vu de si extraordinaire ?

- C'était au jubilé du pape Clément VI. Je suis sûr que de Noël à Pâques il y eut bien un million de pèlerins. A l'époque je travaillais depuis plusieurs mois à Santa Maria Dell'Anima dans une petite chapelle pour les visiteurs qui viendraient au jubilé (4), et je ne voulais pas manquer de voir cet événement que tout le monde attendait. Le jour où je suis allé à la basilique vaticane, il y a eu douze personnes écrasées par la foule des gens qui se battaient pour voir la relique.

-Mais enfin, quelle relique ? s'impatienta Geoffroy.

- Le Santo Sudario !

- Qu'est-ce donc ?

- C'est le voile de Véronique, où s'est imprimée la Sainte Face de Jésus quand elle lui a essuyé la figure pendant le chemin de croix ! (5). C'était comme un tableau. Même des rois se déplaçaient pour venir le voir.

- Et il y avait vraiment la figure du Christ dessus ?

- Bien sûr, comme s'il nous regardait.

- Tu es sûr que c'était vraiment lui ?

- Ma, il avait une tête un peu étrange quand même, mais après tout il faisait le chemin de croix, il n'était sûrement pas très en forme.

- Etrange comme quoi ?

- Comme s'il avait pris des coups, avec le nez de travers et très long. Mais franchement, je n'ai jamais vu quelqu'un avec cette tête-là.

- Et tu dis qu'il y avait une foule si nombreuse que des gens mouraient écrasés ?

- Oui Messire, mais c'était aussi l'année du jubilé et le pape avait promis des indulgences.

- Hum. Qu'est-ce que tu en penses, toi ?

- Je pense, Messire, dit Marco en baissant la voix, que nous sommes dans une église et que Dieu nous regarde.

Et avec un air entendu, il se remit à l'ouvrage.

Geoffroy sortit de l'église et traversa le chemin pour se rendre au chapitre. Il trouva trois chanoines à la cuisine penchés au-dessus d'un chaudron où mijotait un ragoût odorant.

- Je te dis qu'il faut mettre la marjolaine maintenant, dit Guillaume de Bragelone.

- Non, je te dis qu'elle sera plus goûteuse si on la met à la fin, répondit Renaud de Savoisy.

- Alors mettons-en moitié maintenant, et moitié à la fin, trancha le sage Henri de Sellières.

Geoffroy toussota pour signaler sa présence et tous trois se retournèrent dans un bel ensemble, chacun une cuillère de bois à la main.

- Messire, Dieu vous bénisse, que nous vaut le plaisir de votre visite ?

- Je souhaite m'entretenir avec le Doyen.

- Nous l'allons quérir sur le champ Messire.

- Ne vous donnez pas cette peine, je vois que vous êtes occupés, souligna Geoffroy avec un soupçon d'ironie. Dites-moi où il est et je m'y rendrai.

- Dans la bibliothèque, Messire, c'est la pièce du fond.

Geoffroy traversa la confortable salle du chapitre. Elle était sobrement meublée comme il seyait à l'ordre, mais bien éclairée par des fenêtres à cives et les murs étaient recouverts d'un bel enduit lumineux à la chaux sur lequel se détachait un grand crucifix de bois foncé. Des bûches crépitaient dans la cheminée, et comme les chanoines n'étaient pas nombreux, elle servait aussi bien de salle à manger que de salle du chapitre. Ils s'installaient pour débattre autour de la solide table de chêne, dans des chaires garnies de coussins brodés, qu'ils pouvaient aussi disposer en cercle autour de la cheminée. Une belle miche de pain et un pichet étaient restés sur la table.

Il poussa la porte du fond et entra dans une pièce plus petite qui était au bout de la maison. Deux des murs garnis d'étagères étaient chargés d'ouvrages et de rouleaux de parchemin. Quatre écritoires faisaient face aux fenêtres, et Robert de Caillac, assis sur un banc, était penché sur l'une d'elles, la plume à la main.

Geoffroy se posa sur le banc de l'écritoire voisine, tourné vers Robert. Celui-ci posa tranquillement sa plume dans l'encrier, se tourna sur son séant pour lui faire face et lui prit les mains. Entre eux, pas besoin d'accès de politesses.

- Geoffroy, je te vois préoccupé. Comment puis-je t'aider ?

- Notre église ne déborde pas de pèlerins, et les recettes s'évaporent comme par miracle dans l'entretien de la collégiale.

- C'est un miracle facile à réaliser, sourit Robert.

- Oui, ainsi j'ai vu tout à l'heure quelques prébendes mijoter dans un chaudron, transformées en ragoût, ajouta

Geoffroy sur le même ton. Il nous faudrait quelque chose de marquant pour attirer les fidèles.

- Nous avons des reliques, et le pape nous a autorisés à accorder des indulgences, ce n'est pas rien.

- Certes, mais la concurrence est rude dans la région. As-tu entendu parler du voile de Véronique exposé à Rome ?

- Bien sûr, répondit Robert, c'est un linge sur lequel la Sainte Face s'est marquée lorsque Véronique a essuyé le visage du Christ. Ce n'est pas le seul linge sacré, il y a aussi le Mandylion (6).

- Mais comment peut-il exister plusieurs Saints Suaires ?

Toujours souriant, Robert ouvrit les mains vers le ciel.

- C'est sans doute un miracle aussi, mon fils !

- Ce genre de miracle sauverait notre collégiale de la ruine ! Ainsi nous pouvons tenir quelque temps, mais qui peut savoir combien ? Ou bien les chanoines vont devoir assurer eux-mêmes leur subsistance ?

- Prions pour ne pas en arriver là, mon fils. Fais confiance au Seigneur. Rien ne saurait manquer où il nous conduit. Je vais réfléchir à la question.

Geoffroy rentra au château, pensif, pour y trouver une lettre du roi qui l'envoyait à Avignon avec le duc de Bourbon et le comte de Tancarville en délégation de négociation. Le pape n'avait pas dit son dernier mot pour mettre un terme à la guerre et souhaitait établir les bases d'une paix durable. Le cardinal de Boulogne les rejoindrait.

NOTES POUR LE CHAPITRE 21

1. Indulgence : les pécheurs qui viendraient se recueillir à la collégiale de Lirey obtiendraient une remise de peine de 40 jours sur une pénitence pour un péché qu'ils auraient confessé et qui leur aurait été pardonné. (la durée des pénitences était fréquemment de 40 jours).

2. Le Traité de Mantes fut signé le 22 février 1354 à Mantes-la-Jolie par Jean Jean Le Bon et Charles II de Navarre. Le roi de Navarre accepta de perdre Asnières-sur-Oise, Pontoise et Beaumont. Il reçut le comté de Beaumont-le-Roger, les châteaux de Breteuil, Conches et de Pont-Audemer, le clos du Cotentin avec la ville de Cherbourg, les vicomtés de Carentan, Coutances et Valognes en Normandie. Il avait la possibilité de tenir une cour de justice (échiquier), prérogative ducale et surtout les affaires ne pouvaient plus être tranchées par le tribunal de Paris. Il obtenait aussi la confirmation qu'il recevrait la dot de son épouse Jeanne de France.

3. Santa Maria dell'Anima est l'une des nombreuses institutions caritatives médiévales construites pour les pèlerins à Rome. L'église est bâtie lorsque Johannes et Katharina Peters de Dordrecht achètent trois maisons et les transforment en un hospice privé pour les pèlerins, à l'occasion du Jubilé de 1350.

4. Jubilé : habituellement l'anniversaire des 50 ans d'un règne ou d'un état. Mais dans la religion catholique, une année de jubilé est une année sainte décrétée par le Pape. Pour le jubilé de 1350, bien que l'événement ait été préparé une année à l'avance par l'aménagement de logements pour les pèlerins et le stockage de vivres, la ville fut rapidement débordée par le nombre de visiteurs. Une lettre pontificale du 4 mars 1350 établit le triste bilan des exactions : coups, blessures, vols, enlèvements, viols, meurtres. Clément VI ordonna, en conséquence, la formation, sous la conduite de Jacopo Gabrielli, d'un corps de mercenaires dont la solde serait prise sur le produit des offrandes déposées par les fidèles dans les troncs des basiliques de Saint-Paul et de Saint-Pierre ainsi que dans l'église du Latran.

5. Le voile de Véronique, ou voile de Manoppello, est une 'relique' antérieure à l'apparition du suaire de Lirey (Turin). C'est une image de Jésus-Christ sur un voile de 17,5 × 24 cm qui se serait imprimée sur le linge quand la Sainte aurait essuyé le visage de Jésus en sueur alors

qu'il portait sa croix pendant le chemin de croix. Son nom de "Voile de Véronique" serait en fait une déformation de "vera icona" : image authentique. Disparu depuis 1608, ce voile a été retrouvé dans un couvent capucin des Abruzzes, en Italie centrale. C'est du moins ce qu'affirme l'historien de l'art Heinrich Pfeiffer.

6. Le Mandylion ou Image d'Édesse est une pièce de tissu rectangulaire sur laquelle l'image du Christ aurait été miraculeusement imprimée de son vivant, apparu dans l'antiquité dans la ville d'Edesse. Cette image fut transportée à Constantinople au Xe siècle. Le tissu, volé lors de la Quatrième croisade en 1204, réapparaît en tant que relique conservée par Saint Louis à la Sainte Chapelle, puis disparaît définitivement lors de la Révolution française. Il existe de nombreux linges qui revendiquent le titre de 'Saint Suaire', comme le suaire d'Oviedo ou celui de Cadouin, et la Sainte Coiffe de Cahors.

Chapitre 22

Geoffroy galopa sur Avignon tandis que le printemps ranimait la campagne, avec cette fois une escorte conforme à son statut, composée de deux écuyers, dont le fidèle Ancelin, quatre cavaliers armés et deux chevaux de bât.

La petite troupe atteignit le palais pontifical en quelques jours et les discussions commencèrent aussitôt. Geoffroy, qui avait redouté que le pape ne fût lui aussi le jouet du Navarrais, fut heureux de constater que la moutarde commençait à lui monter sous la tiare. Il fut convenu qu'on proposerait l'Aquitaine en toute souveraineté au roi anglais, également le Poitou et le Limousin ainsi que les provinces du Maine, de l'Anjou et de la Touraine ; en revanche le roi anglais renoncerait au titre de roi de France. Il n'y avait plus qu'à faire passer la pilule.

En attendant de mettre les détails au point, le 6 avril 1354 fut signé à Guînes le renouvellement de la trêve pour un an. Le traité de paix définitif devait être signé à Avignon en octobre de cette même année.

Pendant ce temps, le Mauvais, qui n'était pas à une félonie près, se jetait dans les bras du roi d'Angleterre pour comploter un accord secret en vue de rompre cette trêve qui ne faisait l'affaire d'aucun des deux.

La vie s'écoulait calmement à Lirey, les chanoines avait installé derrière le chapitre un petit jardin de simples (1) et transformé un appentis en apothicairerie. Le Doyen s'était procuré une copie du livre d'Hildegarde de Bingen 'Causae et Curae' (2) et entre deux messes les chanoines essayaient des recettes de remèdes. Ils avaient déjà guéri quelques refroidissements.

Le Christ en croix de Marco avançait bien dans son atelier. La longue sculpture, posée à plat sur des tréteaux, serait ensuite montée sur une croix de chêne et accrochée sur un mur du transept. Il se levait à l'aube, allait traire la vache (il avait appris à le faire avec quelques difficultés), levait les œufs de leurs quatre poules et rapportait le tout à Alaïs. Puis il curait l'étable et se mettait à l'ouvrage. Il travaillait vite et à la nuit tombante il rejoignait la maison avec impatience. A sa grande surprise, il avait pris goût à la vie de famille, et songeait de moins en moins souvent à prendre la fuite, même si parfois il repensait avec nostalgie à ses frasques passées.

Le visage de Jésus émergeait maintenant de la forme dégrossie, comme s'il était caché à l'intérieur et avait passé la tête par un trou pour faire une surprise. Ce n'était pas l'ordre académique de progression d'une sculpture, mais Marco préférait modeler d'abord les visages, car ensuite pendant tout le temps qu'il finissait son œuvre, il faisait la conversation au personnage en train de sortir de la pierre. Il avait commandé de nouveaux pigments, des ocres de la région voisine de Puisaye, qu'il n'avait pas l'habitude d'utiliser, puisqu'en Italie il employait de la terre de Vérone et à Avignon des ocres de Provence, et il lui tardait de faire un essai.

Quelqu'un toqua à la porte et il se précipita pour ouvrir en essuyant ses mains poussiéreuses, mais au lieu du chevaucheur qui apportait les pigments, il trouva devant la porte Robert de Caillac qui passait pour une petite visite de politesse. Marco ne fut pas dupe. Geoffroy, qui avait peine à croire que ce sacripant avait changé à ce point, avait demandé à son ami de le tenir à l'œil avant de s'en aller.

- Dieu vous bénisse, Messire le Doyen, quel bon vent vous amène ?

- Je venais voir comment se porte l'enfant, et savoir quand vous comptez le faire baptiser, et j'en profite par curiosité pour venir admirer votre travail.

En même temps que le Doyen, Beauminon, le chat de Jeanne, se glissa dans la remise. C'était un gros félin apathique, blanc comme neige, descendant d'un chat rapporté des croisades par son aïeul, qui devait à sa couleur d'avoir survécu à la peste (3). Marco le chassa d'un coup de touaille et il se réfugia sous le tas de bois.

Tout en examinant le visage du Christ, le Doyen insistait.

- Vous ne devriez pas tarder à faire baptiser le petit Giacomo.

- Giovanni, mon père.

- Oui, si vous voulez. Vous savez que les enfants parfois ne survivent pas longtemps, vous ne voudriez pas que votre fils trépasse avant d'être un enfant de Dieu ?

- Marco se tourna vers le Doyen, en tapotant son marteau dans sa main d'un geste que quelqu'un de malintentionné aurait pu interpréter comme une menace.

- Pourquoi voudriez-vous que mon fils meure, avec une mère aussi solide et un père qui prend soin de lui ?

- Les voies du Seigneur sont impénétrables, mon fils.

- Alors n'essayez pas de les pénétrer. Il sera baptisé quand j'aurai terminé mon travail. Et certainement pas avant que le Seigneur Geoffroy ne soit rentré. Et je vous rappelle que j'œuvre pour votre église, alors moins vous viendrez m'importuner, et plus vite ce sera fini. D'ailleurs, il faudrait commencer à chercher de belles poutres pour tailler la croix.

- Bien mon fils, alors je vous laisse travailler.

Robert s'en retourna au chapitre, en se demandant si vraiment le talent de ce Marco justifiait la bienveillance dont Geoffroy faisait preuve envers ce Milanais mal embouché.

Quelques instants plus tard, un bruit de sabots fit sursauter Marco. Il se précipita au dehors. Le chevaucheur mit pied à terre, et fouilla dans ses sacoches, d'où il sortit un petit paquet bien enveloppé. Marco lui remit quelques pièces, il remonta à cheval et repartit au galop.

Il rentra dans la remise et déballa précautionneusement la fine poudre mordorée. Elle était moins lumineuse que les ocres florentins, et moins rouge que les ocres provençaux, mais plus fine, plus subtile, empreinte de la rudesse du climat bourguignon et de la retenue de ses habitants. Il s'essuya les mains sur son tablier de cuir. Il avait une furieuse envie de l'essayer sur le champ.

Il se rendit dans le coin de la remise où il préparait ses peintures et ses glacis, poussa tous les pots, les mortiers et les coupelles pour faire de la place. Il versa un peu d'ocre dans un bol de poterie et saisit le pichet où il conservait son huile de lin. Il était vide. Il lui restait des graines, il n'avait plus qu'à les piler et les filtrer. En attendant, il allait quérir

208

deux œufs pour commencer à diluer l'ocre avec le blanc. Il traversa la cour et se rendit dans la salle. Aucun œuf, ni dans la cuisine, ni dans l'arrière cuisine, mais une odeur de gâteau flottait dans l'air. Alaïs avait utilisé tous ceux du jour. Il continua à fureter, et trouva dans le chaudron accroché dans la cheminée un jarret cuit qu'Alaïs réchaufferait sûrement pour le repas du soir. La sauce était onctueuse et une gelée commençait à se solidifier sur la surface. Ça ferait l'affaire, et remplacerait à la fois le blanc d'œuf et comme c'était un peu gras, l'huile de lin. Il en racla quelques cuillérées qu'il déposa dans une écuelle et s'en retourna dans la remise. Il préleva un soupçon de gelée et le mélangea doucement à l'ocre avec une petite spatule, puis en ajouta progressivement jusqu'à obtenir la texture voulue. Une goutte de vinaigre finit de rendre la pâte homogène et l'éclaircit un peu. Il termina par une pointe de cinabre.

On aurait vraiment dit la couleur de la peau. Avec un pinceau de putois, il appliqua un peu de couleur à la base du cou, qui n'était pas terminé, de façon à pouvoir l'abraser si c'était raté. Mais le rendu était parfait. Il étendit la couleur à tout le visage. Insatisfait de ce qu'il voyait, il retourna à sa table, remua des pots et des godets, et trouva enfin ce qu'il cherchait. Il lui restait un fond de poudre de lapis-lazuli. Il en préleva la valeur d'un pois avec le bout de sa spatule, le mélangea dans une petite coupelle, et trempa un pinceau de petit gris.

Quand il se releva, le Christ lui jetait un regard étonné d'un bleu profond. N'eut été que les boucles de cheveux étaient toujours blanches, on eut vraiment dit que le Christ était enfermé dans un bloc de pierre d'où ne dépassait que sa tête.

Le jour déclinait, bientôt il n'y verrait plus, il commença à ranger son matériel. Il devait se dépêcher d'aller changer la litière de la vache avant qu'Alaïs ne la ramène du pré. Se souvenant que le chat Beauminon était entré et ne l'ayant pas vu ressortir, il étendit sa touaille sur sa sculpture, car cet animal sans gêne avait une fâcheuse tendance à pisser sur les objets et les meubles pour marquer son territoire. Il n'avait pas envie de retrouver Jésus le lendemain matin avec des dégoulinades de pipi de chat sur la figure. On allait en enfer pour moins que ça.

Le petit Giovanni brailla toute la nuit. Comment un si petit être pouvait-il émettre autant de bruit ? Ses joues étaient rouges comme des pommes d'api et il bavait abondamment. Alaïs se relevait fréquemment, le prenait dans ses bras, le promenait dans la salle jusqu'à ce qu'il se rendorme, épuisé, mais dès qu'elle le posait dans son berceau il se remettait à hurler. A la lueur de la chandelle de suif, il vit qu'Alaïs aussi était exténuée, et il lui dit qu'elle n'avait qu'à le poser entre eux deux, il se sentirait peut être plus en sécurité.

A peine avait-il fini sa phrase qu'il se demanda d'où pouvait bien lui venir cette idée insolite. Alaïs posa le petit paquet couinant à côté de lui. Marco se tourna sur le côté et regarda son fils. Giovanni regarda son père dans les yeux, l'air étonné. Il se tut, mais des restes de larmes continuaient à couler sur les côtés de ses petites joues rouges. Au bout de quelques secondes, il esquissa un sourire plein de gencives roses, puis ses paupières papillotèrent, et il s'endormit.

Marco soupira et ferma les yeux. Le jour allait bientôt se lever. Il entendit alors comme un petit glougloutement, et le lit se remplit d'une pestilence insupportable, tandis qu'Alaïs ronflait.

NOTES POUR LE CHAPITRE 22

1. Simples : herbes médicinales.

2. Causae et Curae : les causes et les remèdes. Hildegarde de Bingen (1098-1179) est une religieuse bénédictine mystique, compositrice de chants liturgiques et femme de lettres de Franconie (aujourd'hui nord de la Bavière). Elle a écrit de nombreux ouvrages, dont plusieurs qui touchent à la nature et à la médecine.

3. Selon les époques, le chat a été soit révéré, soit honni. Dans le haut moyen âge (500 à 1000) il avait plutôt bonne réputation comme chasseur de souris, et on en trouvait fréquemment dans les monastères bien que l'Eglise le considère comme une créature diabolique.

Dans la symbolique médiévale, le chat était réputé être un animal du diable, surtout les chats noirs, qui furent particulièrement accusés et décimés pendant la peste noire, à tort car c'étaient les puces des rats qui véhiculaient la maladie. Cette tendance était amoindrie dans les campagnes où on constatait avec bons sens que les chats tuaient les souris qui venaient dévorer les récoltes.

Chapitre 23

Marco se leva, incapable de supporter cette odeur. Un rai de jour filtrait déjà à travers les volets. Il sortit dans l'air frais, alla tirer de l'eau au puits et se renversa le seau sur la tête pour se remettre les idées en place, méthode qui avait prouvé son efficacité après des soirées bien arrosées au cours de sa vie d'avant.

La vache l'avait entendu et manifesta son impatience. Il entra dans l'étable, attrapa le seau de bois et le tabouret, et commença à traire. Puis il mena la vache au pré, l'encouragea d'une tape sur l'arrière train à aller brouter la bonne herbe grasse au milieu du champ, et rentra curer la litière. Epuisé, il s'assit sur le tas de paille pour se reposer. Il se demandait toujours si sa vie avait changé en bien. Il était partagé. Quelques années plus tôt, il n'aurait jamais mis les pieds dans une écurie de peur de se salir, et il n'aurait jamais osé approcher une vache. Il fréquentait la société des gens lettrés, son frère l'avait introduit dans le monde des arts où il s'était fait une petite réputation de sculpteur. Il était bien vêtu et côtoyait la beauté, même si le soir il rentrait souvent dans une soupente dormir sur une paillasse. Et surtout, il s'amusait. Cependant, il n'avait jamais connu la sérénité qu'il avait trouvée ici.

Une voix lointaine l'appelait, de plus en plus distinctement. Il se rendit compte qu'il s'était endormi, et sortit de l'étable en se frottant les yeux, des brins de paille dans les cheveux.

Alaïs s'avançait au milieu de la cour, le nourrisson calé sur la hanche, accompagnée de deux hommes.

- Le Doyen est venu te rendre visite et tu n'étais pas dans la remise, dit Alaïs avant de s'en retourner dans la maison.

- Bienvenue Messire Robert, je ne pensais pas vous revoir si tôt.

- Vous m'avez dit hier qu'il fallait s'occuper de la croix, je reviens avec le charpentier Maître Gillot. Peut-il prendre les mesures maintenant ?

- Certes, suivez-moi.

Quand Marco poussa la porte de la remise, le chat lui fila entre les jambes. Le linge avec lequel il avait protégé le visage du Christ était toujours bien en place, et heureusement, Beauminon n'avait pas fait de dégâts. Il avait sans doute passé sa nuit à se repaître de souris.

Le charpentier mesura avec sa corde à nœuds, déclara qu'il avait des poutres qui feraient l'affaire, mais Marco voulait les voir avant de se décider. Il était important que la couleur du bois s'accorde avec celles de la sculpture, et ils convinrent que Marco se rendrait à Auxon pour choisir exactement ce qui lui conviendrait. Le Doyen Robert faisait son affaire d'expliquer la dépense au Seigneur de Charny.

Maître Gillot prit congé, et Robert, tournant autour de la sculpture les mains jointes sur son estomac, continua à parler de la pluie et du beau temps, essayant d'aborder une nouvelle fois le sujet du baptême, pendant que Marco préparait ses instruments.

- Pourquoi avez-vous mis ce linge sur le visage du Christ ? demanda t-il soudain.

- Hier j'ai reçu de nouveaux pigments et je n'ai pas pu attendre pour les essayer. J'ai appliqué la couleur sur le visage presque terminé, mais comme le chat rôdait, j'ai préféré protéger mon travail au cas où il aurait fait des souillures. Vous pouvez regarder, si vous voulez, vous n'avez qu'à retirer le linge.

Robert se pencha sur le visage, puis souleva un coin de la touaille et sursauta. Le Christ le transperçait de son regard bleu. Il finit d'ôter le tissu entre le pouce et l'index. N'entendant plus rien, Marco se retourna. Dans le contre-jour devant la fenêtre, Robert examinait le linge qu'il tenait déployé devant lui par les coins à hauteur de ses yeux.

- Qu'est cela mon fils ?

Marco se tenait de côté et il ne voyait pas ce qu'il pouvait y avoir d'intéressant sur ce tissu à part des taches.

- C'est une touaille, Messire Robert, je suis désolé d'avoir couvert le visage de Notre Seigneur avec un linge sale, mais c'est tout ce que j'avais pour le protéger des saletés que le chat aurait pu faire dans la nuit, s'excusa-t-il en pensant que le Doyen avait pris cela pour une offense à l'image du Fils de Dieu.

Le Doyen Robert semblait tétanisé. Marco commença à s'inquiéter et s'approcha. Et il vit.

Parmi les taches de gélatine et les traces de doigts, l'empreinte brune d'un visage se découpait sur le tissu tendu devant le fenestron dans la lumière du matin. Les deux hommes se regardèrent, incrédules.

Par la Sainte Mère de Dieu, dit Marco, on dirait le voile de Véronique !

- L'avez-vous vu, demanda Robert ?

- Oui, Messire, d'un peu loin tant la foule se pressait.

- Qu'en pensez-vous ?

- Si ce linge avait été plus propre et présenté dans un cadre doré... il manque les cheveux, aussi. Mais c'est ressemblant. Dommage que Messire Geoffroy ne soit pas là. On dirait presque une relique. Lui qui se préoccupait de s'en procurer une assez intéressante pour attirer les pèlerins...

Le Doyen posa le tissu à plat sur ce qui serait le torse du Christ. On ne distinguait plus que des auréoles.

- J'ai entendu dire que le voile de Véronique avait attiré des foules immenses lors de son ostentation pendant l'année Sainte ? demanda Robert.

- J'étais à Rome à ce moment, et tant de monde se bousculait vers la basilique que sur des lieues on ne voyait plus le sol. Les auberges étaient bondées, des centaines de gens dormaient dans la rue faute d'avoir trouvé à se loger, d'autres ont passé deux jours sans manger car les tavernes et les marchands ambulants n'avaient plus rien à vendre. Les vendeurs de colifichets et d'objets commémoratifs ont fait fortune.

Robert se passa les mains sur le visage, en proie à une réflexion intense.

- Mon fils, pas un mot à qui que ce soit. Je reviendrai vous voir demain. En attendant, cachez moi ce linge, personne d'autre que vous et moi ne doit le voir. Et il sortit de la remise, non sans avoir regardé de tous côté, comme s'il venait de voler quelque chose.

Marco plia soigneusement le linge et le dissimula dans le tas de bois. Il se mit à sculpter en méditant à la façon d'exploiter ce résultat fortuit. Est-ce que cette image pouvait passer pour une relique ? Il ressortit le linge du tas de bois, et l'examina avec attention en convoquant son souvenir du voile de Véronique. La couleur était approchante, mais la face sur le voile ressemblait plus à un portrait. Son image à lui était trop large. Il réappliqua le tissu sur le visage de pierre. Effectivement, appliqué sur un visage en relief, l'image déployée était ensuite plus ample. Ne parvenant plus à se concentrer sur son travail, il s'assit sur un rondin de bois devant sa table à couleurs, et commença quelques esquisses avec une pointe de charbon de bois sur un bloc de craie.

On ne pouvait pas présenter à Lirey la même face qu'à Rome. Il faudrait faire quelque chose de différent. Laissant tomber le Christ en Croix, il se mit fébrilement à sculpter un bas-relief en gardant à l'esprit le résultat qu'il voulait obtenir. Il repensait en souriant à ses réflexions de la matinée sur les mérites controversés de la vie de sculpteur dans un endroit reculé de la campagne où il ne se passait rien. Quand Alaïs vint s'enquérir s'il voulait manger, elle ne soupçonna nulle étrangeté. Il n'y avait là que les habituels morceaux de pierre en chantier éparpillés sur des tréteaux ou en tas, des outils qui traînaient sur le sol, des chiffons sales et de la poussière blanche partout. Il n'avait pas faim. En fin d'après-midi, une forme de visage plate émergeait de la pierre.

C'était assez laid, mais il avait fait vite. Il prépara son mélange de pigments et s'en alla fureter à la cuisine à la recherche d'un morceau de tissu qui aurait pu faire l'affaire. Tout ce qu'il trouva était sale et taché de gras ou de vomi de bébé. Il poursuivit ses recherches dans la salle. Dans le grand placard mural il trouva dans les affaires de l'enfant un petit drap de berceau et s'en empara. Il n'avait plus que quelques minutes avant que la nuit ne remplisse la remise de ténèbres, et ne voulait pas perdre de temps à chercher une lanterne. Il appliqua avec soin le drap sur la pierre fraîchement enduite et se rendit compte alors que la froideur du soir était tombée et qu'il était vraiment épuisé. Il avait envie de rentrer, de s'asseoir devant la cheminée et de serrer son fils dans ses bras.

Chapitre 24

Le lendemain matin, Robert de Caillac poussa la porte de la remise avec des airs de conspirateur, s'assurant qu'il n'avait pas été vu. Marco était assis sur son rondin de bois devant sa table à couleurs, occupé à essuyer ses outils.

- Messire Robert, si à chaque fois que vous venez chez moi vous prenez une mine de coupable, les gens vont finir par croire que vous avez quelque chose à cacher. On voit que vous n'avez pas l'habitude de la crapulerie.

- Mon fils, je vous en prie ! s'exclama Robert, scandalisé.

- Etes-vous sûr que ce que nous nous apprêtons à faire soit tout à fait honnête ?

- C'est une expérience, mon fils. Et nous n'avons rien fait de répréhensible.

- En effet, pas encore, s'amusa Marco. Il faut vous entraîner à avoir l'air innocent, expliqua Marco. Je sais, c'est un gros travail, mais je vais vous l'enseigner, j'ai une longue expérience de la chose. Il faut vous persuader vous-même que vous êtes irréprochable et que vous n'avez agi que pour le bien. Même si ce n'est que pour le vôtre.

Robert leva un sourcil.

- Regardez-moi. Vous seriez surpris si je vous racontais ma vie.

- Pas tant que ça, bougonna Robert. Mais trêve de bavardage, j'ai eu une idée. Pensez-vous qu'il vous serait possible de produire une autre sculpture qui, une fois peinte, pourrait donner une image comme celle que vous m'avez montrée hier, mais de meilleure qualité ?

- Comme celle-ci, par exemple ? répondit Marco en lui tendant le petit drap du bébé.

Le Doyen Robert attrapa le tissu par les coins et alla l'exposer à la lumière du fenestron comme il l'avait fait la veille.

-Par tous les saints ! Vous l'avez déjà fait ! C'est justement l'idée que j'ai eue cette nuit. C'est une merveilleuse image de notre Seigneur Jésus. Comment avez-vous procédé ?

Marco extirpa le petit bas-relief qu'il avait caché sous un fatras d'autres pierres. Le Doyen se rapprocha pour voir de près et expliqua qu'il avait dû modifier un peu les proportions pour que l'image rendue soit vraisemblable.

Abasourdi, le Doyen s'assit sur ce qu'il trouva, qui n'était autre que la sculpture en cours du Christ en croix posée sur deux tréteaux, qu'il avait prise pour un banc tant sa confusion était grande.

- Attention ! cria Marco.

Robert se releva comme s'il avait le derrière en feu. Cramoisi, il se signa et fit une courte prière pour demander pardon. Après un instant de réflexion, il poursuivit.

- Nous ne pouvons pas prétendre que ce tissu est une relique. Comment en expliquerions-nous la provenance ? Et puis cette petite broderie bleue sur l'ourlet d'un tissu neuf, ça ne fait pas sérieux. Mais c'est une piste. Imaginez vous l'effet que cela produirait si la nouvelle se répandait que nous possédons dans la collégiale un linge qui a appartenu au Christ ?

- Sans aucun doute, les pèlerins accourraient.

- Et les offrandes seraient nombreuses ! ajouta Robert avec gourmandise.

- Nous pourrions ouvrir une auberge dans le village pour loger les pèlerins, et aussi une taverne ! surenchérit Marco.

- Pour l'instant, nous n'avons encore rien à montrer, le doucha Robert. Et votre image ressemble trop au voile de Véronique. Il faudrait quelque chose de plus grand, qui fasse venir de gens de loin, car les foires de Troyes n'attirent plus grand monde de nos jours. Quelque chose comme...

- le linceul du Christ ? demanda Marco (1)

Ils se regardèrent, bouche bée.

- Pensez-vous que ce soit réalisable ? demanda finalement le Doyen Robert.

- Ca dépend...

- De quoi ? De quel matériel auriez-vous besoin ? Je peux y pourvoir si nécessaire.

- A part un bloc de calcaire dur assez grand, j'ai tout ce qu'il me faut, mais qu'aurais-je à y gagner ? Le village et la collégiale vont s'enrichir, mais moi ? Je ne pourrai même pas revendiquer l'œuvre ! Et si nous sommes découverts, qui sera responsable ?

- Allons, Marco, vous voilà bien sensible soudain pour un ancien gredin ! Que demandez-vous en échange de vos services ?

Marco réfléchit quelques secondes, pris au dépourvu.

- Si l'entreprise réussit, je veux que mon fils ait un avenir. Je veux que quand il aura l'âge, le Seigneur le prenne comme écuyer, et qu'il ait une chance de devenir chevalier, comme Messire de Charny.

- Je vous promets que je lui en parlerai, et que vous serez dédommagé en proportion du résultat de votre travail.

- Hum, grogna Marco la bouche en coin.

- Vous ne feriez pas confiance à un homme d'église, mon fils ? demanda Robert avec un air angélique.

Ils se regardèrent, et Marco se mit à rire.

- Je vois que vous apprenez vite, Messire Robert !

- Chut, dit le Doyen, on pourrait nous entendre ! Et l'affaire est sérieuse. Cela pourrait changer l'avenir de notre collégiale, de notre village, et même de la région !

- N'exagérons rien, mais vous avez raison, restons discrets. Comment allez-vous me procurer cette pierre ?

- Je vais la commander en disant que je prépare mon tombeau. On n'est jamais trop prévoyant !

Le Doyen fit diligence et quelques jours plus tard, Marco se mettait à l'ouvrage, en ruminant sur sa stupidité qui lui avait fait demander un avenir pour son fils sans négocier de contrepartie précise pour lui-même. Il aurait pu exiger une maison plus grande, une deuxième vache, une charrette, un cheval, même. Quel âne il faisait !

Il se souvint qu'il avait sculpté une mise au tombeau quelques années plus tôt, et décida de reprendre le modèle du gisant, les bras croisés sur le bas-ventre, cachant sa vertu. Le bloc de calcaire fut livré rapidement et il se mit au travail d'arrache-pied. D'un commun accord, ils avaient décidé de ne pas parler de leur projet au Seigneur de Charny et d'attendre de pouvoir lui montrer l'objet, ce qui leur fut facilité par l'absence presque permanente de Geoffroy jusqu'à l'été. Les espions rapportaient que malgré l'accord de Guînes le Navarrais fomentait quelque chose.

Marco sculptait à mi-temps son bas-relief. Il devait terminer aussi son Christ en croix pour ne pas éveiller l'attention.

La Saint Jean vit le retour de la foire d'été de Troyes, encore en baisse d'affluence. Quelques pèlerins vinrent se recueillir à la collégiale, mais c'étaient surtout des voyageurs en quête d'un gîte et de quoi faire boire et manger leur monture, qui furent hébergés dans la grange du chapitre. Le Christ en croix avait été accroché au-dessus d'un petit autel dans le transept nord.

En juillet, le roi Jean dévaluait à nouveau la monnaie. La chancellerie Navarraise envoyait une demande d'aide militaire au roi d'Angleterre qui la recevait d'une main tandis que de l'autre il continuait à mener des négociations de paix avec le royaume de France.

Marco avait terminé son bas-relief et le Doyen Robert de Caillac vint se rendre compte. Il se mit à marcher en rond autour de l'œuvre posée sur le sol.

- C'est difficile de se faire une idée, avec un bas-relief, mon fils. Il a l'air un peu aplati votre Christ.

- Sans doute, Messire Robert, mais attendez de voir l'empreinte. Pour l'instant je n'ai pas trouvé de linge qui ferait l'affaire.

- Il n'est pas un peu grand ?

- Vous trouvez ? Qui viendra s'en inquiéter ? Qui connaît la taille de Notre Seigneur ?

- Couchez-vous à côté, que je me rende compte.

Marco s'exécuta. Le personnage sculpté faisait une bonne tête de plus que qui.

- J'ai pensé qu'il devait être grand, comme c'est le Seigneur, dit-il en se relevant et en s'époussetant. Et puis on le verra mieux de loin.

Le Doyen se pencha à nouveau sur l'ouvrage.

- Mais il a un bras plus long que l'autre !

- Vous croyez ?

- Passez-moi une corde à nœuds.

Le Doyen mesura avec la corde.

- Le bras droit est beaucoup plus long que le gauche !! Regardez, si je déplie la corde à partir de l'épaule, les doigts lui arrivent au genou ! D'ailleurs, les doigts aussi sont trop longs (2).

Marco baissait la tête, l'air contrit.

- Nous n'avons pas le temps de recommencer, déclara le Doyen. Et je ne peux pas commander une seconde pierre tombale... Il faudra nous en contenter. Par contre, un linceul enveloppe le corps tout entier, il va falloir penser à l'autre face qui le représente de dos.

- Ma foi vous avez raison ! Je peux retourner la pierre si vous m'aidez !

Alors hâtons-nous, mon fils, il faut que nous puissions montrer l'objet au Seigneur de Charny au début de l'automne, et nous l'exposerons dans l'église pendant la foire de la Saint Remi de Troyes au mois d'octobre. Les chanoines ont commandé des livres ruineux et nos caisses sont presque vides.

Avec une buche comme levier, ils retournèrent la pierre. Marco reprit ses outils, et commença en même temps un ange pour orner l'un des piliers, au cas où Geoffroy serait passé voir sur quoi il travaillait.

Mais le Seigneur de Charny avait d'autres soucis que la décoration de son église et passait le plus clair de son temps à Paris, ou bien à chevaucher à bride abattue ici ou là pour dénouer les tensions, calmer les esprits, ou anticiper les coups fourrés. La trêve avec l'Angleterre était toujours fragile, et comme si on manquait de conflits, le Navarrais continuait à comploter malgré le traité de Mantes.

Le roi n'avait toujours pas digéré l'assassinat de La Cerda et s'était rendu compte qu'il avait été abusé par le Mauvais, qui l'avait acculé à signer ce traité félon en le menaçant de s'allier aux Anglais. De plus, il avait été obligé de lui pardonner en grande pompe cet acte immonde qui lui arrachait toujours les tripes. Il avait été humilié, la colère montait, il avait soif de vengeance et voulait la peau du Navarrais. Geoffroy siégeait au grand conseil, et tous ces loyaux et intègres proches du roi peinaient à le ramener à plus de mesure. Faisant fi de ces recommandations avisées, le roi décida de faire assassiner Charles de Navarre et ses deux frères Philippe et Louis (3). Un membre du Conseil les ayant avertis, ils échappèrent de peu à la mort et s'enfuirent chacun vers une destination différente. Navarre était toujours en vie et la confiance du roi en son Conseil était entamée. La confusion avait encore augmenté d'un cran.

NOTES POUR LE CHAPITRE 24

1. Le linceul est une pièce de toile dans laquelle on enveloppe un corps pour l'ensevelir. Le suaire était dans l'antiquité un carré de lin qui recouvrait seulement le visage du défunt. Actuellement, les deux noms sont considérés comme synonymes.

2. L'image sur le 'Suaire de Turin' présente sur sa face antérieure une image de 7 cm plus longue que sur la face postérieure. L'homme représenté mesurerait environ 1.75m, pour un poids entre 75 et 81 kg. Le bras droit est beaucoup plus long que le gauche, et déplié, arriverait au genou. Les doigts sont d'une longueur excessive.

3. Chronique des Quatre Premiers Valois, XIVème siècle (Bibliothèque Nationale de France): *"Jehan le roy de France fist une grant feste faire à son palais à Paris et une grande assemblée de nobles. Et a ceste feste devoient estre occis les trois freres de Navarre. Et fut le roy a conseil au devant du disner. Auquel conseil fut le cardinal de Bouloingne, Pierres de La Forest archevesque de Rouen et chancelier de France, messire Jehan d'Artois comte d'Eu et le comte de Tancarville et monseigneur Jacques de Bourbon. En icellui conseil fut ordonné que en icellui jour au disner seroient occis les trois freres de Navarre"*

Chapitre 25

Geoffroy rentra à Lirey pour apprendre quelques jours plus tard que le Mauvais était parti pleurer dans la soutane du pape et se plaindre que son beau-père le roi de France avait voulu attenter à ses jours. Le roi Jean, voyant que le pape risquait maintenant de se retourner contre lui, fulminait et envoya Geoffroy à Avignon se rendre compte de la situation. Quelques jours plus tard, il décida de passer aux représailles sans attendre, de résilier le traité de Mantes et de partir lui-même en expédition à la tête de ses troupes pour confisquer les biens du Navarrais en Normandie. A peine arrivé à Avignon, Geoffroy recevait l'ordre de galoper sur Evreux.

Pour rien. Les Normands ne se laissèrent pas faire, et les forces du roi n'étaient pas assez nombreuses pour leur faire entendre raison. Le roi rentra à Paris, dépité, et mi-septembre, Geoffroy était de retour à Lirey, épuisé.

Il avait envie de se changer les idées et s'intéressa à nouveau à sa collégiale. Marco s'attendait à sa visite, et il avait posé en évidence son ange presque terminé sur un socle. Il avait utilisé tout ce qu'il lui restait de lapis-lazuli pour colorer sa robe de bleu céleste et ses joues fraîches et roses encadrées d'un halo de cheveux clairs le rendaient presque vivant. Le bas-relief était prêt, dissimulé derrière le tas de bois. Il ne manquait que la couleur, mais il fallait trouver dans le même temps un tissu à appliquer sur la peinture encore fraîche.

Malheureusement, le Doyen ne trouvait pas de linge adéquat. Personne n'étant mort depuis plusieurs mois dans le village, il ne pouvait pas se procurer un linceul sans éveiller l'attention. Si le même linge ressortait quelques semaines plus tard avec une image dessus, il se trouverait bien quelqu'un pour faire le rapprochement. La foire de la Saint Rémi était passée et les visites de pèlerins n'avaient pas été nombreuses.

Par un matin de ciel noir et menaçant, Geoffroy se présenta à la remise. Marco avait dû allumer une lanterne tant il faisait sombre. Quand il poussa la porte, une bourrasque poussa des feuilles mortes tourbillonnantes à l'intérieur.

Marco le trouva fatigué, emmitouflé dans son grand manteau noir, et en son for intérieur il était content d'avoir bientôt à lui annoncer une nouvelle qui lui réjouirait le cœur et remplirait ses caisses. Geoffroy aima tellement l'ange qu'il demanda à Marco d'en faire une reproduction plus petite pour la chapelle du château, en marbre cette fois. Le sculpteur fut ravi à la perspective d'avoir à nouveau sous son burin cette noble matière. Du temps où il exerçait à Florence, il était allé plusieurs fois choisir des blocs dans les carrières de Carrare d'une blancheur étincelante, un peu plus au nord. Marco se rendrait dans la chapelle pour estimer la taille de l'ange, qui devrait se tenir dans une niche entre les deux petites fenêtres en ogive.

Début novembre, alors que Geoffroy était à nouveau à Paris au Conseil du roi, Marco se rendit au château. Jeanne le fit entrer dans la petite chapelle qui donnait sur l'arrière, après la salle d'armes. Elle lui montra la niche où serait placé le nouvel ange, et le laissa seul in instant pour aller prendre quelque chose dans la salle à côté qui servait d'entrepôt. La petite Charlotte se mit à hurler au premier étage et Jeanne remonta l'escalier en courant. Marco sortit sa corde à nœuds, se haussa sur la pointe des pieds, et par mégarde, pendant qu'il mesurait, poussa du coude un vase d'argent qui contenait quelques fleurs d'hellébore. Il sortit en trombe dans le couloir à la recherche de quelque chose pour essuyer la petite flaque qui commençait à imbiber le coussin du prie-Dieu et avisant la porte contiguë ouverte, se retrouva dans une pièce sombre. D'un rapide coup d'œil circulaire, il découvrit des tonnelets empilés, des sacs sans doute emplis de fèves, des coffres, des outils, de vieilles heusses et des brodequins qui prenaient la poussière, et dans l'autre coin, il aperçut cinq ou six rouleaux de tissu appuyés contre le mur. Un coupon plus ou moins blanc plié en carré était posé au-dessus en équilibre. Il s'en empara et retourna éponger sa maladresse. Ce tissu était bien absorbant et en un rien de temps toute trace d'humidité avait disparu.

A ce moment, il entendit Jeanne qui redescendait l'escalier. Dans l'urgence, il coinça le paquet de tissu dans sa ceinture et rabattit son surcot par-dessus. Elle le rassura : l'intrépide petite gourmande était tombée d'une chaise qu'elle avait poussée devant le dressoir et sur laquelle elle avait grimpé pour attraper un bol de noix. Elle lui demanda ensuite des nouvelles du petit Giovanni, et il dut abréger ses louanges d'un enfant si parfait et si précoce, car il sentait le tissu glisser dans sa ceinture. Jeanne se rendit compte qu'elle avait laissé la porte de la resserre ouverte, plongea la main dans une grande poche cachée dans sa cotte, en sortit une grosse clé et referma la serrure. Il prit congé et s'en retourna chez lui une main plaquée sur le ventre.

Dès qu'il eut refermé la porte de sa remise, il se défit de son surcot, enleva le paquet de sa ceinture et commença à le déplier. C'était un tissu de lin sergé pas très fin, assez quelconque, mais d'une dimension inhabituelle. Il le mesura avec son coude. Il devait bien faire environ quatre aunes de long sur une de large. Il serait parfait pour faire un linceul ! Mais que dirait Jeanne quand elle s'apercevrait de la disparition de son coupon ? Ne risquait-elle pas d'incriminer une innocente servante ? Ou peut-être se souviendrait-elle que Marco était resté seul un moment à côté de la pièce ouverte ? Après tout, les rouleaux et le coupon étaient couverts de poussière et devaient être entreposés là depuis un moment. Elle aurait sûrement oublié…

Le soir, il cajola Alaïs pour qu'elle lui cuisine une viande au pot qui leur ferait plusieurs jours (1). Au prétexte d'organiser la livraison de l'ange, il s'en fut trouver le Doyen Robert de Caillac pour l'informer qu'il était sur le point de terminer son œuvre occulte. Deux jours plus tard, le chaudron ayant assez mijoté, il préleva discrètement un grand bol de bouillon, qu'il porta dans la remise. Il avait décidé de prendre la même recette et de lier ses pigments à la gelée de bœuf qui avait donné un si beau résultat.

Dans la froidure de la remise, le bouillon ne tarda pas à se prendre en une gelée tremblotante. Il ne devait pas la laisser durcir trop. Il s'assit sur son rondin de bois et garda le bol dans la tiédeur de son giron tandis qu'il mélangeait les pigments, puis apporta le brasero devant la sculpture pour que la pierre se réchauffe. Il appliqua la peinture avec un tampon d'étoupe. Il fabriqua ensuite un second mélange avec plus de cinabre (2) pour les plaies des clous dans les mains et les pieds, puis ajouta quelques touches autour de la couronne d'épines, dessina d'artistiques coulures de sang autour de la blessure provoquée sur le flanc par la lance du soldat romain, puis appliqua la moitié du coupon. Il fit ensuite une boule avec une touaille assez propre, et avec ce nouveau tampon appuya avec précaution le tissu sur la pierre qui avait déjà absorbé une partie de la couleur.

Il fallut ensuite trouver un endroit pour accrocher l'étoffe sans abîmer l'impression. Il le disposa sur le tas de bois. Le plus difficile fut de retourner seul la pierre qui était très lourde. Il procéda de même pour l'autre face.

C'était fait. Mais il se trouvait maintenant bien embêté avec ce linceul démesuré qu'il devait faire bien sécher avant de le plier, et ce bas-relief long comme une table barbouillé d'ocre qu'il devait faire disparaître. Il le couvrit de morceaux de pierres et se promit, quand il aurait remplacé la surface sculptée par un bel aplat et ajouté quelques volutes sur la tranche, d'en faire un banc qu'il disposerait devant sa maison, d'où il pourrait regarder son fils jouer à la belle saison.

Il prit le risque de laisser le linceul étalé sur le tas de bois pendant la nuit. Lorsqu'il rentra à la nuit tombée, Alaïs lui demanda de décrocher le chaudron et de le poser sur le côté de la cheminée, car la chaleur trop intense avait évaporé trop de bouillon. En attrapant l'anse avec une manique pour ne pas se brûler, il faillit avoir un malaise. Il était sur le point de se comporter comme le pire des faussaires et imaginait déjà sa tête flotter au milieu des légumes et des morceaux de viande (3). Pour le moins, il risquait l'excommunication et jetterait l'opprobre sur sa famille.

Ne parvenant pas à dormir, il se rendit à la messe de laudes (4) dans la nuit noire et sans lanterne à la pâle lueur de lune, enveloppé dans sa grosse pelisse. Il se tint en retrait dans le fond de l'église, et fit un signe discret au Doyen quand celui-ci sortit. Robert de Caillac releva la tête et fit des yeux ronds incrédules, puis rabattit son capuchon, et replongea le nez sur ses mains jointes pour regagner le chapitre en procession.

Avant la messe de prime, il toquait à la porte de la remise. Mais il ne put pas apprécier le travail de Marco. Il ne faisait pas encore jour et on n'y voyait goutte. Frustré, le Doyen dut revenir après l'office suivant. Il ne fut pas déçu. Marco avait bien secoué le linceul, et on y voyait comme la trace ténue d'un corps, bien moins ostensible que l'image sur le voile de Véronique, mais beaucoup plus vraisemblable. Vu la taille de l'objet, il était difficile de l'embrasser d'un seul coup d'œil dans son entier, et les imperfections étaient moins flagrantes que sur la pierre.

- Mon fils, nous tenons-là de quoi sauver la collégiale. Vous avez accompli une œuvre pie.

- En êtes-vous certain ? Est-ce que je ne risque pas plutôt l'excommunication ?

- Quand bien même le pape aurait des doutes, il ne saurait qui excommunier. Et quand les caisses de l'église seront pleines, et que la foi du royaume tout entière en sera renforcée, personne ne se posera plus de questions. Vous verrez. Est-ce qu'on ergote maintenant sur l'histoire du voile ? Nous devons seulement imaginer une histoire plausible pour expliquer comment ce linceul est entre nos mains, que nous soumettrons au Seigneur de Charny. Il pourrait en avoir fait cadeau à la collégiale après l'avoir reçu d'un ancêtre qui l'aurait rapporté de croisades ? Nous verrons avec lui dès qu'il sera de retour.

NOTES POUR LE CHAPITRE 25

1. Le pot-au-feu est un plat datant du XIIIe siècle, qui s'appelait alors «viande au pot». Ce plat était cuit en continu dans un chaudron accroché dans la cheminée ou posé sur le bord pour le maintenir au chaud. Pendant plusieurs jours, tant qu'il restait du bouillon, on rajoutait dans le chaudron un peu de viande ou de légumes dans la sauce pour remplacer ce qui était mangé.

2. Le cinabre natif est du sulfure de mercure qu'on trouve dans divers terrains, dont la couleur varie de cannelle à écarlate. Depuis l'antiquité, il a été utilisé pour fabriquer un colorant vermillon.

3. Au moyen âge, la peine prévue pour les faussaires était toujours très sévère : le faux monnayeur était bouilli vif dans un chaudron. Une telle mise à mort était cependant rare au XIVe siècle et était souvent remplacée par la pendaison.

4. Vers 5 heures du matin.

Chapitre 26

Quelques jours avant Noël, Geoffroy était rentré, épuisé par une longue chevauchée dans la campagne gelée. Depuis son retour, il ne quittait guère la cheminée dans la salle du château comme dans son étude, ne parvenant pas à se réchauffer. Jeanne aurait voulu aller passer les fêtes de Noël à Paris, mais il en avait assez d'être sur les chemins et n'aspirait qu'au repos. Il lui expliqua que la cour n'était plus le lieu de réjouissances légères et de fastes qu'elle avait connu et qu'elle aurait été déçue.

Robert l'avait invité à partager amicalement le frugal repas des chanoines, et à l'heure de midi, il se rendit à pied au chapitre. A peine entré dans la grande pièce, il s'installa dans la chaire devant la cheminée, exposa à la flamme ses mains tendues avant de les frotter l'une contre l'autre, puis étendit ses pieds vers l'âtre.

- Geoffroy, annonça le Doyen Robert, guindé sur la chaire qui lui faisait face de l'autre côté de la cheminée, nous avons à parler. Malgré les rentes et les recettes, la collégiale coûte cher, bien que nous menions une vie frugale, et les caisses sont vides.

Geoffroy soupira, redoutant de comprendre. Un chanoine apporta sur un plateau du vin chaud. Il en prit un gobelet qu'il tint entre ses deux mains et but à petites gorgées. Une délicieuse chaleur se répandit dans tout son corps et instantanément il se sentit mieux. Robert poursuivit.

- Nous comptions sur les foires de Troyes pour amener du monde, mais les deux dernières se sont passées sans que nous constations d'affluence, et pourtant nous sommes à proximité de la route des marchands. Il nous faudrait trouver une raison qui les fasse s'arrêter à Lirey.

- Nous ne pouvons pas détourner la route pour la faire passer par l'église ! ironisa Geoffroy.

- Non, mais nous pouvons faire en sorte qu'ils s'arrêtent en leur montrant une chose qu'ils ne verront nulle part ailleurs.

- Nous avons déjà un cheveu de la Vierge et un morceau de la vraie croix…

- Nous avons quelque chose de beaucoup plus fabuleux encore.

Geoffroy leva un sourcil interrogateur. Robert alla ouvrir au fond de la salle la porte qui donnait sur l'étude et Marco en sortit, tenant devant lui comme une offrande un paquet de tissu qu'il posa sur la table. Il commença à le déplier, et, aidé du Doyen Robert, ils le tinrent chacun par un coin, étalé devant les fenêtres, sur toute la longueur de la pièce, pour que Geoffroy puisse voir l'image en transparence.

Il l'examina de loin depuis sa chaire, puis se leva et se pencha pour regarder le visage et le torse de près.

- Quel est ce grand prodige ? A vous voir tous les deux, j'imagine que Marco est l'auteur de cette fourberie ?

- Disons que les mérites en sont partagés. J'ai eu l'idée et Marco a eu le talent.

Marco secoua la tête, prêt à s'insurger, puis se ravisa. Ce n'était peut-être pas la peine de s'afficher comme l'instigateur, car l'objet ne semblait pas provoquer l'effet escompté.

Au contraire de s'émerveiller, Geoffroy semblait examiner la situation avec froideur. Les deux hommes replièrent précautionneusement le linge et le reposèrent sur la table.

- Et comment expliquerions-nous que le linceul du Christ est miraculeusement apparu à Lirey après avoir disparu pendant plus de mille ans ?

Robert oscillait d'un pied sur l'autre, mal à l'aise, les mains jointes.

- Un de tes ancêtres aurait pu le rapporter des croisades, et le conserver comme un secret de famille…

- Le seul ancêtre qui aurait pu rapporter un tel objet des croisades est l'aïeul de Jeanne, Othon. Et il aurait gardé ce secret pendant deux siècles ? Pour quelle raison ? Et si nous avions ce saint linceul, pourquoi ne pas l'avoir exposé dès que l'église a été consacrée ?

- Euh…

- De plus, votre tissu n'a pas vraiment l'air d'avoir mille ans. Est-ce là tout ce que vous aviez à me montrer ?

Le Doyen Robert et Marco regardaient leurs pieds, debout devant Geoffroy, comme des enfants pris en faute.

- J'ai pensé que l'ostentation d'une si merveilleuse relique pourrait attirer des foules, comme cela a été le cas il y a quelques années pour le voile de Véronique à Rome, et que les offrandes données par les fidèles nous sauveraient de la faillite. Si nous l'exposons dans le chœur de l'église au-dessus de l'autel, personne ne pourra le voir de près

Geoffroy explosa.

- Comment as-tu pu imaginer une telle duperie, Robert ? Toi, un homme d'église, mon ami, que j'ai toujours connu comme la droiture incarnée, que j'ai voulu à mes côtés pour diriger cette collégiale. Comment as-tu pu ? Je passe ma vie par monts et par vaux à chasser la félonie, à réparer les torts et à négocier des accords équitables et loyaux envers mon roi, et tu penses que je pourrais me faire complice d'une escroquerie de cette taille ? Et toi, l'artiste, dit-il en se tournant vers Marco, sais-su comment on traite les faussaires ?

- Je ne le sais que trop, Messire. Nous avons seulement essayé de trouver une solution qui vous sauverait de la ruine.

Geoffroy se radoucit.

- Eh bien c'est un dessein louable qui s'est transformé en mauvaise action. L'enfer est pavé de bonnes intentions ! En tout cas, si nous trouvons une solution, ce ne sera pas celle-ci. Je confisque l'objet. Et j'entends bien que dorénavant chaque action accomplie dans cette collégiale soit en accord avec les dix commandements. Et que chaque mouvement, soit-il aussi infime qu'un battement de cils, soit effectué en action de grâces à notre Seigneur et à la Vierge Marie. Il saisit le paquet de tissu sur la table et partit en claquant la porte.

Le Doyen Robert et Marco s'effondrèrent chacun dans l'une des chaires de chaque côté de la cheminée, se regardant en silence.

- C'était bien la peine que je me donne autant de mal, souffla Marco. Et maintenant il me prend pour un faussaire.

- Et moi j'ai perdu la confiance de mon ami, se lamenta Robert.

Ils soupirèrent ainsi, près du feu, pendant quelques minutes. Puis Robert se reprit.

- Messire de Charny n'a pas encore vu l'état de comptes. Peut-être changera-il d'avis quand il se sera rendu compte de notre situation ?

- Je n'en suis pas certain, il avait l'air très en colère. Et il est vrai que je ne l'ai jamais vu faire quoi que ce soit de malhonnête. A propos, vous reste-t-il du vin chaud ? Ces gobelets vides sur la table embaument encore les épices.

Geoffroy rentra au château à grandes enjambées coléreuses et arrivé à l'étage, jeta le paquet de tissu plié sur la table sous le nez de Jeanne qui apprenait à la petite Charlotte à dessiner des chats et des lapins sur une tablette de cire. Elle se pencha sur l'étoffe.

- Mon bon ami, que faites-vous avec le coupon de lin que j'ai acheté à la foire de Troyes l'été dernier ? Avez-vous besoin de chemises ? Si c'est le cas, je vous en ferai faire avec une autre étoffe, celle-ci tout compte fait me semble un peu épaisse et un peu jaunie.

Abasourdi, Geoffroy se laissa tomber sur la première chaise à sa portée.

- Ces deux fourbes vont me faire mourir avant l'heure.

Jeanne envoya Charlotte jouer à autre chose, et Geoffroy lui raconta ce qu'il venait de vivre, en secouant la tête, encore incrédule, tandis que Jeanne esquissait un sourire amusé, puis roulait des yeux effarés. Quand il eut terminé, il attrapa le paquet de tissu et le déplia sur la table devant Jeanne qui n'en croyait pas ses yeux.

- Par ma foi, si vous ne m'aviez point narré l'histoire par le menu et que j'eusse vu cette chose dans une église, je me serais agenouillée devant sans me poser de questions !

- Il faut brûler cette infamie, dit-il en ramassant à plein bras le paquet en vrac.

- Mon bon ami, cessez-là. On ne peut pas brûler en une seule fois une telle quantité de tissu sans risquer de mettre le feu à la maison. Il s'embraserait d'un coup et les flammes pourraient provoquer des dégâts. Donnez-moi ce linge, je le couperai en morceaux et je les mettrai progressivement dans l'âtre. Et je trouve que vous êtes bien injuste avec votre ami Robert et le mari d'Alaïs qui ont pris des risques pour vous éviter la banqueroute. C'était peut-être maladroit, mais cette action était animée des meilleures intentions. Marco s'est comporté comme un honnête homme depuis qu'il est ici, et Alaïs n'a pas à s'en plaindre. Quant à Robert, vous le connaissez depuis assez longtemps pour savoir qu'il n'est pas retors et qu'il n'a pas agi pour son propre bénéfice.

Jeanne était souvent la voix de la raison domestique quand Geoffroy s'emportait, et il devait admettre qu'il n'avait pas envie de se mettre en colère contre son ami Robert.

- Comme vous voudrez, ma Mie, pourvu que je n'entende plus jamais parler de ce morceau d'étoffe.

- Ne vous en inquiétez plus, Geoffroy, dit Jeanne en commençant à le replier soigneusement. J'en fais mon affaire.

Chapitre 27

Quelques semaines plus tard, au début de l'année 1355, Geoffroy fut rappelé à Paris par le roi. Le Navarrais avait envoyé à Jean II un émissaire pour l'informer que, sur la recommandation du pape, il demandait son pardon et souhaitait rentrer en grâce et revenir à la cour. Le roi, pas vraiment convaincu par cette volte-face, avait renvoyé l'émissaire dans rien promettre et se demandait ce que cette demande pouvait cacher. Il réunissait donc son conseil restreint.

Pour parer à toute éventualité d'une nouvelle attaque et pour anticiper la fin de la trêve prévue en avril, il souhaitait reformer une armée solide. Devant le coût ruineux de ce nouvel investissement, il rogna encore un peu la valeur de la monnaie, et créa une nouvelle pièce, le 'Florin à l'agnel' qui représentait un mouton sur sa face.

La première partie de l'année vit chaque camp fourbir ses armes en lorgnant sur l'adversaire par espions interposés. Après d'âpres conciliabules, la fin de la trêve fut repoussée à la Saint Jean, sans grand bénéfice.

Pendant ce temps, le Prince Noir, fils ainé du roi Edouard d'Angleterre et prince de Galles, qui avait répondu à l'appel à l'aide du Navarrais, rongeait son frein en rêvant d'en découdre sur la terre de France. Fin avril, il était prêt et arma pour le Languedoc tandis qu'une autre partie de l'armée, menée par le duc de Lancaster, cinglait vers les côtes Normandes. Le roi lui aussi prit la mer, mais des vents contraires l'obligèrent à faire demi-tour. Qu'importe,

Lancaster commença sans attendre à piller consciencieusement la région. Le royaume de France réagit et les combats reprirent de plus belle jusqu'à ce que, sous la pression du Pape qui ne lâchait pas l'affaire et qui trouvait scandaleuse l'alliance Anglo-Navarraise, les négociations de paix reprennent et que Lancaster s'en retourne en Angleterre.

L'été se passa en pourparlers et marchandages alimentés par les nombreuses plaintes du Navarrais au Pape sur les mauvais traitements que lui infligeait le roi de France. Le dix septembre, à Valognes, un nouveau traité de paix était signé, qui reprenait plus ou moins les termes avantageux pour Charles de Navarre du traité de Mantes, et une fois de plus lui assurait le versement par le roi de la dot de sa fille, qu'il n'avait toujours pas reçue.

La paix était enfin signée, et même si le roi de France avait une fois de plus l'impression qu'on lui avait forcé la main, l'armée anglaise qui piaffait d'impatience de venir soutenir le Navarrais était neutralisée puisqu'officiellement la France et la Navarre n'étaient plus en conflit.

Geoffroy fit une courte apparition à Lirey pendant la foire de la Saint Rémi, pour constater que son église était quasi vide, que ses enfants grandissaient sans lui, et que tout le monde lui réclamait de l'argent. Il s'en retourna dans la capitale pour les états généraux de la langue d'Oïl début décembre.

Dans la grande chambre du Parlement, les prélats, les barons et les députés des villes du royaume étaient assemblés. Le 28 décembre, l'assemblée emportée par la faconde du prévôt des marchands de Paris, Etienne Marcel, parmi les plus virulents défenseurs du contrôle de la fiscalité, vota pour le financement de la levée d'une armée de trente mille hommes un nouvel impôt sur les transactions commerciales, à condition qu'elles puissent être contrôlées par une entité indépendante du roi et soutenues par une monnaie forte. Le roi, bien qu'il ait obtenu son argent, se voyait sanctionné de sa mauvaise gestion par une entrave à sa liberté d'action.

La fin de l'année fut marquée par des fêtes retentissantes au palais de la Cité, données par le roi de France satisfait, pendant que dans les rues de Paris montait la colère du peuple de plus en plus tondu.

Cependant, l'application de cette loi s'avérait difficile en l'absence d'une administration globale du commerce, et les impôts rentraient mal, car à chaque nouvelle invention de l'Etat pour les saigner, les contribuables trouvaient de nouvelles parades ingénieuses pour y échapper. On rassembla une nouvelle fois les Etats Généraux en mars en vue d'instaurer un impôt sur les revenus fonciers, sans plus de succès.

Au printemps, le roi eut vent d'un complot mené par le Mauvais et l'Angleterre pour le capturer et l'éliminer afin de se partager ensuite le royaume de France. Cette fois c'en était trop. Il ne supportait plus que Charles de Navarre continue à le narguer depuis deux ans après avoir assassiné son favori La Cerda. Il entra dans une colère historique, profita d'un dîner au château de Rouen où celui-ci était invité par son propre fils le Dauphin de France pour diriger lui-même une expédition punitive d'une centaine d'hommes, le faire arrêter et emprisonner. Pour faire bon poids, il fit décapiter ses lieutenants qui l'accompagnaient.

Les soutiens et alliés du Navarrais élevèrent la voix, menés par son frère Philippe, et le Prince Noir commença en représailles à dévaster le Poitou. Le roi enrageait. Libre ou enfermé, le Navarrais était un fléau.

De nouveau à Lirey début mai, Geoffroy organisa une fête pour célébrer la confirmation officielle de la fondation de la collégiale devant les notaires du roi. Fin mai, l'évêque Henri de Poitiers approuvait cette fondation dans une lettre envoyée depuis sa résidence d'été d'Aix en Othe. Puis Geoffroy galopa à nouveau sur Paris rejoindre le roi.

La trêve se termina à la Saint Jean et ne fut pas reconduite. La guerre allait reprendre. Le lendemain, Geoffroy recevait la charge de porte-oriflamme du roi (1) puis rejoignait quelques jours plus tard l'armée en formation avant de partir avec le roi à la poursuite des Anglais qui continuaient leurs ravages. Ils se rendirent jusqu'à Chartres dont le roi avait fait la plaque tournante de son armée. Pour intervenir plus rapidement afin d'arrêter la progression du Prince Noir, il y laissa l'infanterie et repartit vers le sud avec seulement les cavaliers.

Le 18 septembre, des pourparlers eurent lieu avec les Anglais. Du côté Français, Geoffroy menait la négociation avec Tancarville, l'Archevêque de Sens, l'Archevêque de Taurus, Clermont et Boucicaut, maréchal de France. Geoffroy proposa que le conflit fût réglé avec un affrontement qui opposerait cent chevaliers français à cent chevaliers anglais, pour épargner la soldatesque qui avait déjà payé un lourd tribut à la guerre. Les Anglais refusèrent, mais le roi ne s'en inquiéta pas, les forces du royaume de France étaient largement supérieures en nombre. La bataille s'annonçait sans trop de difficulté, et avec elle le déclin des forces anglo-navarraises et l'espérance d'une paix victorieuse.

Au petit matin du lendemain, à Nouailler-Mauperthuis au sud de Poitiers, des mouvements de troupes chez les Anglais décelés par les espions laissèrent à penser que l'assaut était proche, mais les deux maréchaux de l'avant-garde française n'étaient pas d'accord sur la stratégie à tenir. Geoffroy faisait partie du quatrième bataillon qui entourait le roi en arrière garde avec les chevaliers de l'étoile. Les cavaliers se lancèrent avec une grande confusion dans un passage étroit et furent accueillis par une pluie de flèches. A la suite de plusieurs manœuvres malencontreuses des troupes françaises, Le roi se retrouva à la bataille. Les coups pleuvaient de toutes part, et son plus jeune fils, Philippe, qui avait réussi à se glisser dans la mêlée, essayait de l'avertir du danger en lui disant 'père, gardez-vous à droite, père, gardez-vous à gauche' (3). Geoffroy se battait de pied à pied, donnait de l'épée à s'en démettre le bras dans un vacarme de fer contre fer, les corps ensanglantés tombaient autour de lui, l'odeur âcre de la mort s'élevant de la terre humide. Il n'avait pas combattu depuis quelque temps, mais la rage décuplait sa vigueur. Le roi se battait vaillamment à son côté, déjà blessé au visage. Geoffroy aperçut au dernier moment un ennemi qui allait abattre une hache sur la tête de son souverain, transperça d'un coup le soldat de part en part mais dans l'effort, perdit de vue un instant celui avec qui il se battait. Il perçut un grand choc, s'effondra en serrant sur son cœur l'oriflamme du roi, puis tout devint noir (4).

Ceux des combattants qui reconnurent le roi l'exhortèrent à se rendre pour sauver sa vie. Jean résista, souhaitant se rendre seulement au Prince de Galles, puis voyant que tout espoir était perdu, se rendit au chevalier Denis de Morbecque, qui était depuis plusieurs années au service de l'Angleterre.

NOTES POUR LE CHAPITRE 27

1. La charge de Porte Oriflamme du roi au XIVe siècle est un titre honorifique très important pourvu d'une copieuse pension. L'oriflamme de l'abbaye de Saint-Denis était l'étendard du roi de France en temps de guerre. Elle était remise au porte-oriflamme par l'abbé de l'abbaye de Saint Denis après avoir été bénite. Pendant les batailles, elle était remplacée par un fanion de petite taille que le cavalier pouvait porter au cou.

2. Bataille de Poitiers : depuis la défaite sanglante de Crécy en 1346, la technique militaire des Français n'avait pratiquement pas évolué. Comme à Crécy, c'est la cavalerie qui est intervenue et qui allait au corps à corps comme au siècle précédent, alors que les Anglais étaient armés d'arcs longs très efficaces (long bows).

Le bilan humain fut désastreux pour les Français : 17 comtes, 1 archevêque, 66 barons et bannerets, en tout une perte humaine de 8 000 hommes d'armes tandis que les Anglais ne perdirent que 190 hommes d'armes et 150 archers.

3. Philippe de Valois, le plus jeune fils du roi Jean le Bon, âgé de 14 ans au moment de la bataille de Poitiers, y gagnera le surnom de 'Philippe le Hardi'.

4. D'abord enterré à Poitiers, le corps de Geoffroy de Charny fut transféré, vers 1371, à Paris où le roi Charles V lui fit célébrer des obsèques solennelles, au couvent des Célestins. Il ne fut jamais enterré dans le cimetière de Lirey.

Le chroniqueur de l'époque Froissart relate l'évènement dans 'les Grandes Chroniques de France' Livre 1 – partie 2 chapitre XLIV:

« Là se combattit vaillamment et assez près du roi messire Geffroy de Chargny ; et étoit toute la presse et la huée sur lui, pourtant qu'il portoit la souveraine bannière du roi ; et il même avoit sa bannière sur les champs, qui étoit de gueules à trois écussons d'argent. Tant y survinrent Anglois et Gascons de toutes parts, que par force ils ouvrirent et rompirent la presse de la bataille du roi de France ; et furent les François si entouillés entre leurs ennemis qu'il y avoit bien, en tel lieu étoit et telle fois fut, cinq hommes d'armes sur un gentil homme.

Là fut pris messire Baudouin d'Ennequin de messire Berthelemien de Bruhes ; et fut occis messire Geffroy de Chargny, la bannière de France entre ses mains ».

Chapitre 28

Dans le petit jour sale du matin suivant, les rescapés se rendirent sur le champ de bataille jonché des corps enchevêtrés des valeureux guerriers tombés au combat, sur lequel, après les cris et le vacarme des armures entrechoquées, planait un silence de mort. Aidés des moines qu'ils avaient pu trouver, Ils chargèrent les corps sur un grand nombre de charrettes et les ramenèrent dans la ville de Poitiers dans une triste procession.

Les soldats furent enterrés dans de vastes fosses communes. Les plus illustres, comme Geoffroy de Charny et ses compagnons de l'Ordre de l'Etoile, furent inhumés provisoirement dans un cimetière. Ils seraient plus tard ramenés à Paris pour des obsèques solennelles, quand le chaos total qui régnait après la capture du roi serait dissipé. La ville entière de Poitiers prit le deuil.

Le roi fut emmené à Bordeaux, traité selon son rang plus en invité qu'en prisonnier par le Prince Noir et donna des fêtes pour se distraire. Un chevaucheur fut dépêché à Lirey pour apporter la mauvaise nouvelle. Jeanne resta prostrée pendant toute une journée dans la chaire où Geoffroy aimait s'asseoir, devant la cheminée. Elle n'avait même pas de corps à pleurer. Elle regardait son petit garçon encore si fragile devenu par la brutalité des choses Geoffroy II de Charny. Elle se retrouvait régente des domaines, et devait maintenant pourvoir à leur survie. Les pensions de Geoffroy s'étant éteintes avec lui, la situation pouvait devenir rapidement critique.

Elle avait vingt-cinq ans, possédait toujours une dot enviable et pouvait se remarier pour assurer l'avenir de ses enfants. Elle vendrait quelques terres si un second mari s'avérait difficile à trouver. Le second jour, elle se rendit dans l'étude et examina les livres de comptes. Les domaines n'étaient pas encore en péril, mais la collégiale, chroniquement en déficit du fait de l'absence des rentrées attendues, était en permanence renflouée par Geoffroy. Sans une solution rapide, elle ne pourrait maintenir le chapitre, alors que le pape et l'évêque venaient tout juste de donner leur bénédiction et elle tenait à continuer l'œuvre de Geoffroy en sa mémoire. Elle finit par recevoir le Doyen Robert qui campait devant sa porte depuis l'annonce de la funeste nouvelle.

Dès qu'il fut introduit dans la salle par Alaïs, il s'avança vers la chaire où Jeanne avait maintenant ses habitudes devant la cheminée, se pencha et lui prit les mains.

- Madame, je suis venu vous présenter mes respects et mes condoléances. Vous avez perdu votre époux et j'ai perdu un ami. Depuis que la nouvelle s'est répandue nous disons des messes chaque jour pour le repos de son âme, mais nous ne savons pas ce qu'il s'est passé. On nous a seulement rapporté qu'il est mort au combat en preux chevalier qu'il était.

- En effet, répondit Jeanne d'une voix lasse en levant vers lui ses yeux cernés. Un affrontement près de Poitiers avec les Anglais. Le roi a été fait prisonnier, un grand nombre de barons et de chevaliers sont tombés sur le champ de bataille. La lettre parle de milliers de morts. Un désastre. Je ne sais pas si le royaume va s'en relever.

Sidéré par la nouvelle, Robert s'effondra sur un faudesteuil voisin au mépris de toute bienséance.

- Par la Sainte Mère de Dieu, c'est encore pire que la seule perte de notre bien aimé Seigneur de Charny. Savez-vous ce qu'il est advenu du corps de votre époux ?

- Il a été enterré provisoirement à Poitiers, et quand l'ordre sera revenu, sans doute pas avant que le roi ne soit libéré, il sera transféré à Paris pour des obsèques solennelles et enterré dans un lieu où reposent les plus valeureux Chevaliers du royaume. Je ne peux pas aller à Poitiers pour me recueillir sur sa tombe car la région est aux mains des Anglais, et il ne sera peut-être jamais enterré à Lirey comme il le souhaitait.

- Nous allons le pleurer et lui rendre ici les honneurs qu'il convient. Si vous le souhaitez, nous lui dédierons un autel dans l'Eglise et un monument dans le cimetière pour que vous puissiez vous y recueillir. Je suppose que vous allez gérer vous-même vos domaines jusqu'à la majorité de votre fils ? Je suis venu vous proposer mon aide si vous la jugez utile en mémoire de Geoffroy.

- C'est aimable à vous. Je dois veiller à l'avenir de mes enfants et je vais me tourner vers ma famille. Je ne sais pas si je vais rester à Lirey.

- En tant que Doyen de la collégiale, je dois également attirer votre attention sur la continuité du chapitre. Le Seigneur de Charny nous versait régulièrement une allocation car les revenus fournis par l'Eglise et le Roi peinaient à suffire.

- Mon pauvre ami, je ne vais pas continuer à recevoir les pensions de mon époux décédé, et je n'aurai dorénavant que les revenus de mes terres. Moi-même je vais devoir vivre autrement, et sans doute vendre les maisons de Paris. Je ne peux pas vous aider. Je sais que vous comptiez sur les offrandes des pèlerins pour remplir vos caisses et que malheureusement l'affluence fait défaut.

- Il y a quelque temps, j'avais proposé au Seigneur de Charny une solution qui aurait pu nous assurer la prospérité, mais il l'a refusée, avança le Doyen pour tâter le terrain, sentant que le moment était venu d'aborder le sujet qui le préoccupait.

- Vous voulez parler du linceul ? demanda Jeanne en esquissant un sourire.

Ainsi Geoffroy avait tout raconté à Jeanne. Robert se demandait comment il avait présenté la chose et s'il avait fait passer son ami pour un scélérat qui tentait de tromper son prochain.

- En effet, je vois qu'il vous en a parlé, dit Robert. Mais rassurez-vous, je me suis rangé à son avis. Cela aurait été grand péché que de tromper les fidèles. C'était pourtant un bel objet, il avait presque l'air vrai, ajouta-t-il avec une pointe de regret. L'avez-vous vu ?

- Oui, je l'ai vu, et vous avez raison, c'était très réussi.

- L'avez-vous conservé ? demanda Robert avec une pointe d'espoir.

- Geoffroy m'a demandé de le brûler.

Les épaules de Robert s'affaissèrent. Il allait devoir rejoindre les chanoines et leur annoncer que les jours fastes étaient terminés. Chacun d'entre eux recevait des prébendes qui, mises en commun, leur assurait une vie frugale, le logement était fourni par le seigneur de Charny, les autres dotations assuraient l'entretien, et leur situation n'était pas alarmante, mais grâce à la rallonge fournie régulièrement par Geoffroy à qui il décrivait trompeusement une pauvreté exagérée, le chapitre vivait confortablement et la bibliothèque s'enrichissait peu à peu de précieux ouvrages.

- Rassurez-vous, dit Jeanne, je ne l'ai pas fait. Je devais le découper en morceaux et le brûler, mais à chaque fois que je m'en saisissais, je ne pouvais m'empêcher d'admirer cette image et j'étais tentée d'y voir le vrai linceul du Christ, même si je savais que ce n'était qu'une forgerie.

Elle se leva et se rendit dans une autre pièce, puis revint avec le paquet de tissu soigneusement plié qu'elle tendit au Doyen Robert.

- Je l'ai conservé au fond de mon coffre à vêtements. Si vous souhaitez l'exposer dans l'église afin que les pèlerins puissent se recueillir devant cette sainte image, vous pouvez le faire. Comme je vous l'ai dit, je trouve que cette représentation est fascinante. Elle possède une telle présence que ce serait dommage de la laisser dans un coffre. Après tout nous avons bien une statue de la Vierge et un Christ en Croix... Cependant, n'oubliez pas que ce linge m'appartient. Je l'ai acheté il y a trois ans à la foire de Troyes pour y tailler des chemises !

Robert reçu le paquet avec empressement, la remercia et prit congé.

- Il en sera fait ainsi, Madame, que Dieu vous garde, vous et vos enfants.

Il se dépêcha de rejoindre le chapitre et convoqua aussitôt les chanoines dans la salle. Pour une fois la messe attendrait. Ils furent tous atterrés d'apprendre l'ampleur du désastre de Poitiers et la capture du roi de France, dont la mort du Seigneur de Charny qui les affectait sincèrement n'était qu'un dommage collatéral. Puis Robert les fit s'écarter de la table et il déplia précautionneusement le coupon de lin. Ils tombèrent à genoux en se signant.

- Comment vous êtes-vous procuré cette sainte relique, demanda Henri de Sellières ?

- Ce n'est qu'une image, mes frères, et je ne peux pas vous en dire plus. Nous allons l'exposer dans notre église et faire en sorte que les pèlerins sachent qu'ils peuvent venir se recueillir devant l'effigie de notre Seigneur descendu de la Croix. Mais je vous demande de ne faire aucun commentaire sur cet objet si on vous questionne sur son authenticité. Vous ne la confirmerez ni ne la réfuterez, et ainsi ne vous ne commettrez aucun péché. Ce linceul procurera du réconfort à ceux qui en ont besoin, et en cela nous agissons pour le bien des fidèles.

- Il n'y a plus qu'à espérer que les ouailles qui en ont besoin ne seront pas dans le besoin, ajouta pour détendre l'atmosphère Renaud de Savoisy qui avait compris immédiatement la finalité de l'ostentation.

- Je vais faire fabriquer un support de bois digne de ce linge, et nous le montrerons dans le cœur en empêchant que les fidèles ne s'approchent trop près. En attendant, pas un mot à quiconque. Je vais le placer dans la bibliothèque, dont je conserverai la clé sur moi et je vous ouvrirai quand vous voudrez vous y rendre.

Ce qui fut dit fut fait. Aux premiers jours de janvier 1357, une grand'messe fut dite en présence du linceul, étendu en majesté verticalement sur un support de bois au milieu du chœur, qui montrait sa face antérieure. Marco avait aussi sculpté une balustrade à une courte distance du cœur, qui empêchait l'assistance de le voir de trop près.

Le bouche à oreilles fit rapidement son effet, et bientôt on vit des charrettes et des piétons en nombre se diriger vers Lirey. Les caisses se remplirent des offrandes et des aumônes des pèlerins ébaubis devant un si grand prodige. Devant l'insistance des curieux, il fut convenu avec l'accord de Jeanne qu'on dirait que le linceul avait été rapporté de Constantinople par son grand-père et retrouvé par hasard dans les affaires de la famille, libérant tous les acteurs présents de la nécessité se prononcer sur son authenticité.

La rumeur enfla et dépassa les frontières. En mai, l'évêque de Troyes envoya une lettre d'approbation, il comptait bien que sa cathédrale profitât de cette manne de pèlerins. En juin, douze évêques de la cour papale cosignèrent une bulle par laquelle ils accordaient de nouvelles indulgences « aux fidèles qui visiteraient l'église ou ses reliques ». Le mot était dit, le linge était qualifié.

Pendant plusieurs années, l'Europe entière se rua à Lirey, il fallut construire des communs et des auberges pour héberger les pèlerins, et les chanoines firent fabriquer de petits insignes commémoratifs à l'image du linceul, qui attesteraient de la visite des pèlerins (1).

Des théologiens s'intéressèrent à l'affaire, étonnés par l'apparition soudaine d'une telle merveille, et il fallut bien les autoriser à le voir de près. Ils s'émurent cependant que dans les évangiles ne soit mentionnée aucune image imprimée sur le linceul retrouvé dans le tombeau du Christ. L'évêque ne put que se rallier à cette remarque pleine de bon sens.

Dans le même temps, le Doyen Robert, emporté par l'appât du gain et la nécessité de payer les constructions qu'il avait dû financer pour loger et nourrir les pèlerins, paya quelques paysans pour jouer les miraculés. Pendant les ostentations, des aveugles retrouvaient la vue et des paralytiques se levaient. C'en était trop. Henri de Poitiers finit par interdire l'ostentation du suaire, en arguant pour faire bon poids qu'il était dangereux de réunir autant de monde à un moment où la peste refaisait surface et où les Anglais recommençaient à piller les régions.

Le linceul fut mis en sécurité pendant de nombreuses années, jusqu'à ce que le fils de Geoffroy, Geoffroy II, obtienne du roi Charles VI l'autorisation de l'exposer à nouveau. Le troisième successeur d'Henri de Poitiers, le rigoureux évêque de Troyes Pierre d'Arcis, envoya alors une lettre au pape qui expliquait que son prédécesseur avait mené l'enquête, démasqué le faussaire et qu'il fallait interdire l'ostentation de cet objet qui n'était qu'une supercherie destinée à soutirer de l'argent aux fidèles (2). Le pape (qui selon certaines sources n'aurait jamais reçu ce courrier dont l'original n'a pas été retrouvé), confirma cependant l'autorisation d'exposer. Pierre d'Arcis n'en tint aucun compte et interdit au Doyen de montrer cette représentation sous peine d'excommunication.

A son tour le Doyen de l'époque n'en fit qu'à sa tête et continua ces lucratives exhibitions. L'évêque Pierre d'Arcis ne sachant plus à quel saint se vouer, se tourna alors en dernier recours vers le roi Charles VI, qui révoqua la permis-permission le trois août 1389 et exigea des chanoines que le linceul fût remis à l'évêque de Troyes. Ceux-ci refusèrent et en appelèrent au pape qui, pour clore le débat, fit expédier quatre bulles le six janvier 1390. Il autorisait les ostentations, mais exigeait que l'on dise 'à haute et intelligible voix que cette image ou représentation n'était pas le vrai suaire du Christ mais une représentation ou un tableau qui le figure ou le représente'.

L'enthousiasme des foules retomba rapidement et la collégiale se trouva désertée.

Quelques années plus tard, au début du XVe siècle, avec la reprise de la guerre, des compagnies de mercenaires et des bandes de pillards rançonnaient les campagnes, et les chanoines, craignant pour sa sauvegarde, confièrent le linceul à Marguerite de Charny la petite fille de Geoffroy 1er le 6 juin 1418.

Après la mort de son mari Humbert de Villersexel, comte de La Roche, en 1438 les chanoines tentèrent en vain de récupérer le linceul par voie de justice. Le 13 septembre 1452, Marguerite, alors âgée, l'échangea contre un château à Anne de Lusignan, épouse du duc de Savoie. Le linceul fut conservé à Chambéry pendant plusieurs années. En 1464, le duc de Savoie consentit à verser une rente aux chanoines de Lirey pour qu'ils cessent leurs poursuites visant à récupérer le linceul.

Dans la nuit du 3 au 4 décembre 1532, le linceul fut victime d'un incendie dans la chapelle où il était conservé. Sauvé in extremis, il conserva quelques brûlures réparées deux ans plus tard par les sœurs Clarisses.

De 1536 à 1543, appartenant toujours à la famille de Savoie, on le retrouvait à Nice, puis il retourna à Chambéry.

Depuis le 14 septembre 1578, il est conservé à Turin. Il est la propriété du Saint Siège depuis 1983.

***

NOTES POUR LE CHAPITRE 28

1. En 2009, un moule qui servait à fabriquer ces insignes appelés méreaux, fondus en plomb ou en étain, a été découvert lors de fouilles dans une commune voisine de Lirey. Un méreau de Lirey d'une dimension d'environ 4 X 6 cm, représentant le linceul et portant sur la gauche les armoiries de Geoffroy de Charny et sur la droite celles de son épouse Jeanne de Vergy est conservé au Musée de Cluny à Paris.

2. Le brouillon de cette lettre daté de 1389 est conservé à la bibliothèque Nationale de France, Collection de Champagne, Volume 154, folio 138. Le texte est en latin, voici quelques extraits de la traduction :

« je viens porter à la connaissance de Votre Sainteté un fait gros de dangers et pernicieux par l'exemple qu'il donne, qui s'est produit naguère dans le diocèse de Troyes (...). Il y a quelque temps, en effet, Très Saint Père, dans le diocèse de Troyes, le doyen d'une église collégiale, celle de Lirey, brûlant d'avarice et de cupidité, usa de procédés iniques et dolosifs pour posséder dans son église, par motif de lucre, non de dévotion, un linge artificiellement peint sur lequel avait été délicatement représentée la double effigie d'un même homme, de face et de dos. Il soutenait faussement et feignait de croire que c'était le Suaire même avec lequel notre Sauveur Jésus-Christ avait été enveloppé dans le sépulcre et sur lequel l'image entière de ce même Sauveur, avec les blessures qu'il avait reçues, était restée imprimée de cette façon; loin de se limiter au royaume de France, cela fut répandu pour ainsi dire dans le monde entier, tellement que, de tous les points de l'univers, les peuples affluaient en masse. Pour séduire ces multitudes et leur extorquer leur or par astuce, on forgeait là des miracles en faisant mentir certains individus payés à cet effet: ils feignaient d'avoir été guéris lors d'une ostension dudit suaire, que la croyance universelle attribuait au Seigneur. Ce que voyant, Mgr Henri de Poitiers, de pieuse mémoire, alors évêque de Troyes, (...) mit tous ses soins à rechercher la vérité dans cette affaire: bien des théologiens et d'autres personnes avisées affirmaient que " cet objet " ne pouvait être véritablement le Suaire du Seigneur qui porterait imprimée l'effigie du Sauveur lui-même, puisque le saint Évangile ne faisait nulle mention de semblable impression (...) Finalement, après avoir sur " cet objet " mené adroite et diligente enquête, il en vint à découvrir la fraude et comment ce fameux linge avait

été peint par un procédé artistique; qui plus est, il fut prouvé, grâce à un artiste qui l'avait reproduit, qu'il avait été fait de main d'homme, et non confectionné ou accordé miraculeusement».

LE LINGE CONNU SOUS LE NOM DE
'SAINT SUAIRE DE TURIN'

En préambule, il faut savoir qu'il n'y a pas de représentation de la mort du Christ avant le Ve siècle.

Par ailleurs, avant 544, le christ était toujours représenté comme un jeune homme imberbe sur les mosaïques. A partir de 544, il est représenté plus âgé, avec une barbe hébraïque, un nez et un visage allongé. Le personnage représenté sur le linceul est un christ à la mode du XIVe siècle, aux cheveux longs et à la barbe bifide, comme on le trouve sur la plupart des représentations de l'époque.

De la mise au tombeau décrite dans les évangiles, aucune description écrite n'est contemporaine de l'évènement supposé : on pense généralement que l'Evangile de Marc date de la fin des années 60 ou du début des années 70, les Évangiles de Matthieu et de Luc des années 80-90 et l'Évangile de Jean des années 90-100.

Selon une étude Ian Wilson (ed. Doubleday – The Shroud of Turin, 1978, p. 54) le tissage n'est pas caractéristique des tissus produits en Palestine et présente une plus forte densité.

Comme décrit dans des notes précédentes, certaines proportions du corps ne sont pas vraisemblables, même en supposant qu'il ait été courbé. Un bras est d'une dimension incompatible avec un corps réel, les doigts sont très allongés, l'image est plus longue de face que de dos, mais cette dernière disparité peut s'expliquer par le fait que la pointe des pieds d'un corps allongé peut dépasser la longueur de dos s'arrêtant aux talons.

Les résultats des analyses scientifiques visant à prouver la présence de sang ou de matières organiques sur le tissu n'ont pas été significatifs car des matières organiques servaient également de liants pour les pigments au moyen âge (colle d'os, gelée, blanc d'œuf), ce qui pourrait expliquer leur éventuelle présence. Divers éléments chimiques retrouvées sur le tissu sur lesquels les partisans de l'authenticité ont reconnu des éléments sanguins sont également des composants des ocres, pigments couramment utilisés au moyen âge.

33 espèces de pollens typiques de la région du Moyen Orient auraient été retrouvées sur le Suaire par le criminologue suisse Max Frei, mais une étude ultérieure du micropaléontologue Steven Shafersman a révélé que les photos des pollens montrées par Frei lors de ses présentations n'étaient que des pollens de référence de notre époque. Frei n'a jamais publié ses résultats dans une revue scientifique.

La datation au carbone 14 effectuée en 1988 donne sans ambiguïté une fabrication au XIVe siècle avec une fourchette de dates entre 1260 et 1390.

Personne ne sait comment cette image précise a été réalisée sur ce linceul particulier, mais une chose est sûre : il ne s'agit pas d'une peinture mais d'une empreinte par pression ou tamponnage et il est faux de prétendre qu'il est impossible de la reproduire, comme en témoignent les expériences de Luigi Garlaschelli, Paul-Eric Blanrue ou Henri Broch (Fabrication filmée en direct à la Faculté des

Sciences de Nice par une équipe TV allemande en 2005 et diffusée dans un film de 45 mn, - L'homme du linceul - entièrement consacré au saint Suaire de Turin, sur la chaîne ZDF, Allemagne, en novembre 2006 © "Der Mann auf dem Grabtuch", Caligari Film GmbH, Munich 2006).

Le suaire de Turin a été exposé six fois au cours du XXe siècle, attirant à chaque ostentation des centaines de milliers de fidèles, et faisant retomber sur la ville une manne financière conséquente en termes de tourisme.

Aujourd'hui, au vingt-et-unième siècle, la polémique suit son cours et donne lieu à une importante littérature des deux courants pour et contre l'authenticité.

Le chanoine Ulysse Chevalier (1821-1923) a répertorié une quarantaine de linges qui revendiquent la qualité de Saint Suaire ou Saint Linceul (Ulysse Chevalier, « Liste de 40 linges sépulcraux christiques», Bulletin d'histoire ecclésiastique et d'archéologie religieuse des diocèses de Valence, Gap, Grenoble et Viviers, vol. 131, p. 16).

LA POSITION DU VATICAN

Le 20 avril 1506, le pape Jules II confirma la position du Vatican sur l'authenticité du linceul par une bulle qui fixait une date pour 'la fête du Saint Suaire' au 4 mai de chaque année.

En 1953, Pie XII évoquait «le saint Linceul».

En 1959, Jean XXIII y décelait le «doigt de Dieu».

En 1973, il restait un mystère pour Paul VI.

En 1980, pour Jean-Paul II c'était une « splendide relique de la passion et de la résurrection ».

En 1989, dès la publication de la datation au carbone 14, les résultats furent acceptés par le pape Jean-Paul II. Le cardinal Ballestrero, responsable du suaire au Vatican, déclara que le « suaire » de Turin n'était plus considéré par l'Église comme une relique, mais seulement comme une « vénérable icône du Christ ».

Enfin, pour l'actuel pape François, « Le Saint-Suaire est une icône qui nous renvoie au visage de chaque personne qui souffre et qui est injustement persécutée », (déclaration du 21 juin 2015 à Turin).

BIBLIOGRAPHIE

Chanoine Ulysse Chevalier : étude critique sur l'origine du Saint suaire de lirey-chambéry-Turin . 1900. Archives de l'université de Californie.

Why did Geoffroy de Charny change his mind ? Dororthy Crispino (1916-2013). Shroud Spectrum International.

What happened to make Geoffroy de Charny's humble chapel the first undisputed mid-14th century home of the Turin Shroud? A second ransom demand? Colin Berry

Froissart – Chroniques Livre 1 – chapitres CCCXXVI – CCCXXVII-CCCXXVIII ; Livre II chapitre IV

Le livre Messire Geoffroy de Charny – article d'Arthur Piaget . Romania, tome 26 n°103, 1897. (revue trimestrielle consacrée à l'étude des langues et littératures romanes.

Smithonian Channel : how to fake the Shroud of Turin (Luigi Garlaschelli Université de Pavie)

Autour de la peste Noire en Basse Normandie au XIVè siècle – R Jouet (Annales de Normandie, N°4, 1972.)

A Knight's Own Book of Chivalry – Geoffroy de Charny - introduction by Richard W. Kaeuper, translation by Elspeth Kennedy.

Histoire Généalogique et Chronologique de la Maison Royale de France, des Pairs, Grands officiers de la couronne, de la Maison du Roy et des Anciens Barons du Royaume – P. Anselme, Augustin Déchaussé – édition de 1733 – pages 201-203.

Histoire de la Ville de Troyes et de la Champagne Méridionale – Th. Boutiot , 1872

Autour du Saint Suaire et de la collégiale de Lirey – Alain Hourseau,

Fragments du journal du Trésor de l'année 1352 retrouvés dans une reliure (article de Elisabeth Lalou, Bibliothèque de l'Ecole des Chartes, 1986)

La noble-maison de Saint-Ouen, la villa Clippiacum et l'ordre de l'Etoile : d'après les documents originaux - Léopold Pannier, 1872.

Les rues de Troyes anciennes et modernes, revue étymologique et historique avec un plan – Antoine Henri François Corrard de Bréban, 1857.

Mémoire concernant l'histoire ecclésiastique et civile d'Auxerre, Abbé Jean Lebeuf, vol. 1, Auxerre, Perriquet, 1743, 886 p. Vie de Jean d'Auxois : pp. 461-465.

Palais et séjours urbains et ruraux des évêques de Troyes aux XIVe et XVe siècles (article). Actes du VIIe Congrès international d'Archéologie Médiévale tenu au Mans du 9 au 11 septembre 1999 – Marie-Cécile Bertiaux. Actes des congrès de la Société d'Archéologie Médiévale paru en 2001, pages 177-188. (inclus dans un numéro thématique : « Aux marches du Palais ». Qu'est-ce qu'un palais médiéval ? Données historiques et archéologiques)

Commerce et vol de reliques au Moyen Age - Hubert Sylvestre. Article paru dans la revue belge de Philologie et d'Histoire, 1952, pages 721 à 739.

Charles II, roi de Navarre, comte d'Evreux et la Normandie au XIVè siècle – Edmond Meyer, 1975.

Le suaire de Turin aux prises avec l'histoire – Victor Saxer, Revue d'Histoire de l'Eglise de France, 1990.

Le jubilé de 1350 (compte rendu) - Eugène Déprez et Guillaume Mollat, Clément VI. Lettres se rapportant à la France. Journal des Savants Année 1963 3 (juillet-septembre) pp. 191-195

Société Politique, noblesse et couronne sous Jean le Bon et Charles V – publié avec le concours du CNRS, Mémoires et Documents de l'Ecole des Chartes, Droz, Genève, 1982.

www.ingramcontent.com/pod-product-compliance
Lightning Source LLC
Chambersburg PA
CBHW051537260626
47170CB00003B/976